王先霈／主编

桂岳诗派

一生知己是文章

◎段维 著

华中师范大学出版社

新出图证(鄂)字 10 号
图书在版编目(CIP)数据

一生知己是文章 / 段维著. -- 武汉：华中师范大学出版社，2024.12. --（桂岳诗派 / 王先霈主编）. ISBN 978-7-5769-0615-8

Ⅰ.I227

中国国家版本馆 CIP 数据核字第 202492PS26 号

一 生 知 己 是 文 章
YISHENG ZHIJI SHI WENZHANG

ⓒ 段 维 著

责任编辑：张怀东　　　　　责任校对：肖　霞
封面设计：罗明波
编辑室：学术出版分社　　　电话：027-67863220
出版发行：华中师范大学出版社有限责任公司
社　址：湖北省武汉市洪山区珞喻路 152 号　邮编：430079
销售电话：027-67863426（发行部）
网　址：http://press.ccnu.edu.cn
电子信箱：press@mail.ccnu.edu.cn
印　刷：武汉精一佳印刷有限公司　　督印：刘　敏
开　本：880mm×1230mm　1/32　　总印张：98.125
版　次：2024 年 12 月第 1 版　　印次：2024 年 12 月第 1 次印刷
总字数：1950 千字　　　　　　　总定价：898.00 元（全十二册）

欢迎上网查询、购书

敬告读者：欢迎举报盗版，请打举报电话 027-67867353

ISBN 978-7-5769-0615-8

《桂岳诗派》编委会

主　编　王先霈
顾　问　蔡红生
主　任　秦　恒　付义朝
副主任　钟文锐
成　员　李　晶　谢　琴　魏耀武
　　　　周　义　宋汉涛　沈　思
　　　　任梦璐

前　　言

　　校园诗人历来是当代中国文学的一支劲旅。从桂子山走出去、现已故去的知名诗人，新体诗有光未然、曾卓、董宏猷等，旧体诗有陶军、黄弗同、佘斯大等。目前活跃在诗坛上的则更多。

　　华中师范大学党委宣传部和出版社从校园文化建设的角度出发，策划出版《桂岳诗派》一书。华中师范大学出版社于1997年到2011年曾陆续出版过名为"桂岳书系"的系列丛书。该丛书编辑出版的目的在于"从根本上强化学校的建设，使高等学校稳稳地站立在文化的峰顶"。因此，这次策划出版《桂岳诗派》，在拟定选题名称上也借鉴了"桂岳"之名。

　　本套书在入选诗人的标准方面，经过多次讨论，最后确定的原则是：其一，只选目前健在的诗人；其二，以中青年诗人为主体，部分年长的诗人只要创作仍然活跃，亦可选入；其三，既可以选新体诗人，也可以选旧体诗人；其四，以华中师范大学校友出身的诗人为主体。秉承上述原则，刘益善、谢克强、李少君、张执浩、李强、余仲廉、邹惟山、段维、姚泉名、胡均华、剑男、易飞的优秀诗作入选《桂岳诗派》。12位诗人中有10位为华中师范大学校友，个别诗人虽未曾在桂子山求学、任教，但长期关注、支持华中师范大学诗教工作，高度认可"桂岳诗派"，为展现华中师范大学诗教工作既立足桂子山，又走出桂子山的博大和开放理念，我们也谨慎将之选入。

从入选的12名诗人的诗体来看，新体诗人占了9位，旧体诗人只占3位。这与当下新体诗的"强势地位"是吻合的。但新旧体诗从来不应该对立，而应该相互借鉴、相融共生。从诗歌的源头来看，旧体诗是新体诗的源头。新体诗在"五四"时期才从旧体诗的母体中分娩出来，自立门户。旧体诗有2500多年的历史，而新体诗的历史不过百年。现在就说新体诗一定会比旧体诗有前途，恐怕太过武断。新体诗还在不断嬗变中，将来走向何方谁也说不清楚。但可以肯定的是旧体诗不可能消亡，它会在不同时代因融入时代特色而卓然生辉。当然，新体诗完全可以从旧体诗中吸收有益的营养，发挥旧体诗所不具备的相对自由表达的优长，不断地去完善自己。从历史上来看，那些著名的新体诗的倡导者如胡适、闻一多、何其芳等，其旧体诗功底都极为深厚；而像徐志摩、戴望舒、余光中、郑愁予等，其新体诗中都充盈着旧体诗的元素。

刘益善从华中师范大学毕业后，长期在文艺单位工作，曾任湖北省作协副主席和《长江文艺》杂志社社长、主编，培养过众多的作家和诗人。他的《翠柳街》主要是对当下日常生活的思考，遥远乡村岁月的记忆，浩浩长江上的感悟，革命年代人事的叙写，是一种多声部的合唱。作者用朴实晓畅的诗句，书写了城市繁华中那留在小街的乡愁，乡村振兴后那遗留在一隅的旧屋，那挂在奔腾的万里长江江面的夕阳，大别山里的一响而聚众四十八万的铜锣，民主人士的最后演讲，深藏功名六十五载的老兵。诗里有长吟、有短咏，充满了激情和深情，有不绝如缕的思恋。

谢克强是一位相当活跃的诗人，曾任湖北省作家协会驻会副主席、《长江文艺》副主编、《中国诗歌》执行主编，对于作家和诗人而言也是一位知名的伯乐。他的诗集《风从故乡来》所收作品主要是其近期所作，无论是故乡的风、父亲的土地、母亲的炊烟、儿时的往事，还是阔别多年重回故土的万千感怀，都使诗人将乡情乡愁作了一番诗意的诠释。这种诠释已不再是乡情乡愁，而是一种根的哲学、一种人生与命运的诠释。诗人以质朴的语言、真挚的情感、不凡的构思，将实与虚巧妙结合，更将具象升华为意象，不仅营造出诗的情感境界，也使诗作获得美的意蕴，因而既给人以思想启迪，又给人以审美愉悦。

李少君曾任《天涯》杂志主编，现为《诗刊》主编，不少新体诗人视其为"掌门人"。《心学集》是他二十多年来的诗歌结集。二十多年来，他从天涯海角到京城，从祖国大地到世界各地，以诗为证，描述所见所闻，记录生活印迹，抒发内心情感，留下思考感悟。他遵循的诗歌原则是：诗歌是一种心学，诗歌更是一种情学，诗歌应该为世界提供意义；在勤奋开拓和孜孜劳作中，在人与诗的互证中，可以诗意地栖居在世界之上。

张执浩是一位新锐诗人，现为湖北省作协副主席、武汉市文联文学院院长，曾获第七届鲁迅文学奖。《每一次告别都是阳关三叠》收录他 21 世纪以来创作的自己比较喜欢的作品，侧重于呈现日常生活中的情感面貌，在对亲情、友情、爱情的书写中，呈现出诗人成熟浑厚的语言技艺，展现出轻言细语、委婉随性的美学质地，并由此形成了诗人"目击成诗，脱口而出"的诗歌风格。

李强是一位公务员出身的诗人，据说其爱诗成癖，真的到了看淡名利的境界。其诗集《武汉来了》分为上下两辑。上辑写"第一家乡"红色苏区龙港，下辑写"第二家乡"英雄城市武汉，这几乎囊括了作者全部的人生。写龙港的纯粹一些，作者梦回童年、少年，看山水草木、人情世故，如一首美丽的乡村咏叹调。写武汉的丰富一些，诗人从 17 岁开始读书工作于此，任职于省、市、区三级党政机关，以及大专院校、国有企业，对武汉的感受是整体的，又是具体的，他的诗如一首英雄城市进行曲。

余仲廉是一位知名的慈善家，他创建的博昊基金会已资助贫困大学生两千多人。他也是一位颇有名气的文化人，在哲学、美学、书法和书法评论等方面均有相当深厚的造诣。他经历丰富、爱好广泛，写诗可能只是"余事"，却出版了十几本诗集。他的诗集《我的所有》收录了其近年来创作的部分新诗，题材与内容很丰富，风格也十分鲜明。他以哲学思考着眼于存在，以哲学思维投注于生活，将身处世界、社会的所见所闻和所感所思以及对人生、自然、历史与文化等问题的思考转化成诗。因此，他的诗歌有着独特的思想感悟、深刻的人生哲理，不仅内在的思想相当突出，而且外在的感性也得到了保存，诗与思比较好地融合在了一起。

邹惟山是华中师范大学文学院的教授,以文学地理学研究和十四行组诗写作见长,曾任《中国诗歌》副主编、《外国文学研究》副主编、《世界文学评论》主编。他至少属于教学、科研、创作三栖人才。他于诗新旧兼修,又力图在形式上有所创新。《桂岳集》是他开始无韵自由体创作之后的第一部诗集,收录了他最近三年的部分诗作,大致以编年体的方式呈现。这些作品主要表现了他在行旅中的所见所闻,但并不限于目之所及和耳之所闻,而是可以由此及彼、由表及里,抒发了他对世界大局与中国命运的思考,以及对于人生意义与自然存在的探索,具有一定的深度与广度,同时也富于诗情与画意。

段维在华中师范大学出版社做了30年编辑,任副总编、总编近20年,后来改做党务工作,现为中华诗词学会乡村诗词工作委员会主任、湖北省中华诗词学会会长。他的本科、硕士以及博士学的都是政治学,但不少人最初以为他是学中文的。其诗集《一生知己是文章》收录了其在2021年1月—2024年5月间创作的旧体诗词作品。他称自己的创作题材大致有三类,简称"三园",即"故园""校园"和"政园"(时政诗)。他是一个有着明确目标追求的旧体诗人和诗学研究者,在守正创新方面取得了较好的平衡。他的时政诗一开始主要采用七律体裁,探讨意指的多重性和句式的多样性,后来这种风格也渗透到其他题材之中,被诗评界称为"不言体"(段维字不言)。而在词的创作方面,他又尽量保持词之要眇宜修的本性,尤其是小令还保留着花间词的气息,长调则呈现豪放与婉约兼具的特征。他的故园诗词,对父亲的书写别具一格,这是其他旧体诗人很少涉足的题材。他对校园诗词有着自己的定义,认为校园诗人所写的诗词并非一定就是校园诗词,而是只有写出了校园特色的诗词才是校园诗词。他写的学生宿舍搬家、学生晒被子、学生云上毕业论文答辩、校园防疫等题材,无不深入师生的个性生活之中。

姚泉名早年从事语文教学,现任中华诗词学会乡村诗词工作委员会副主任兼秘书长、湖北省荆门聂绀弩诗词研究基金会代理事长,可谓是专业的旧体诗人了。其诗集《掬来一捧手如蓝》收录了其在2010—2023年间创作的诗词作品400余首,在"雅正出奇,求正创新"的理念下,他以传统诗词抒写古今之事、感发天地之音。其笔下的人事景物,无不是其在游历过程中对历史的追索、对时空的叩问、对禅道的妙悟、对山水的感知、对民情的回放、对风俗的描绘、对朋友的酬唱、对世事的体会。他的作品创造性地融合古今元素,恰如其分地将当代思维与时代语言揉入古典诗词创作中,既展现了传统诗词的古雅之美,又呈现了当代格律诗词的活力。

胡均华曾经当过语文教师,当过公务员,也曾下海经商,经历丰富,现任湖北省中华诗词学会副会长兼秘书长。其诗集《云水禅音细细吟》收录了其在2015—2024年间创作的诗词作品400余首。他秉承"写真生活,发真性情"的创作理念,多取材于现实生活,从所闻、所历、所感的日常过往中生发诗意,既见家国情怀,亦具市井烟火气息。

其在艺术表达上追求情景相生、清新自然的风格，注重对中华诗词经典作品章法、技法的精研考究，并应用于指导当今诗词创作实践，倡导并践行传承与创新并行、读与写结合、入情入境的诗词创作方式。描绘诗意的生活，表达生活的诗意，是《云水禅音细细吟》所刻意追求和努力呈现的。

剑男在华中师范大学文学院当过刊物编辑和教师，是一位低调而勤奋的诗人，作品曾获丁玲文学奖、湖北文学奖。其诗集《万物都有一个安静的去处》收录了其在2015—2024年间创作的诗歌作品200余首。该诗集聚焦诗人故乡幕阜山的自然山水和风土人情，以及生存于其间的父老乡亲们艰辛而淳朴的乡村生活，集中展现了诗人渴望通过诗歌重建人与自然关系的写作理想。剑男的诗歌注重人对自然的深度介入，既有精神的高蹈，也有对生活现场的热情灌注。故乡的一草一木在诗人笔下回归自身，自然和人作为本体被再次发现，在对朴素生活的观察中渗透着深刻的思考。

易飞早年在报社做过记者，后来在杂志社做过总编，兼写长篇小说，近几年转为新体诗创作与评论。据他自己说"算是找到了感觉"。其诗集《傍晚下起了阵雨》是其2020年回归诗歌后的作品结集。其诗作题材丰富，风格不断变化，饱含热情、勤勉和朴诚的精神，引起诗坛关注。其诗艺渐至精妙，且日臻浑圆，不断有佳作出现。特别是其"亲人系列"作品，情感深沉，含义幽微，别开生面，余味厚重。他近年开启"易飞掰诗"评论系列，精读文本，从一个写手的角度直言自身感受,其庄敬、实诚、直接的论诗风格为人所称道。

　　以上只是对 12 位诗人的作品进行一种浮光掠影式的浏览,旨在为读者勾勒出"桂岳诗派"的总体形象:每一位入选者都有自己的特色,集合在一起会爆发出巨大的能量。武汉大学有"珞珈诗派",10 年前就树起了旗帜,影响不小。后起的"桂岳诗派"能否向"珞珈诗派"看齐,或者形成"比学赶帮超"的态势,则取决于华中师范大学诗人群体的共同努力。当下我国诗坛的诗派不是太多,而是太少,为什么不可以在学校提出建立"桂子学派"的同时,也建立一个影响广泛的"桂岳诗派"呢?同时,也希望我们的每一所重要的大学,都能结合自己的优势和特色,在这方面做出一个或多个样板来。

2024 年 6 月 28 日

目 录

诗 部

五绝 / 003
2021 年 / 003
再题隆冬未凋牡丹 / 003
初春山塘浮萍 / 003
油锯伐枯 / 004
辛丑早樱 / 004
去岁庚楼中秋诗会未能前往,惟调寄长短句以贺,数日前
　应诗友相邀登斯楼见拙作书于锦轴之上有感 / 005
路过校园笛箫亭见夜练学生有寄 / 005
早班步行见街边铁栅栏中月季盛开 / 006
晚下班步行见高架桥堵车作折腰句 / 006
首泡故乡新到春茶有寄 / 007
题老家院中"一顶红" / 007
架上豇豆 / 008
秋蝉 / 008
题豇豆图 / 009
故园雨后 / 009

校园内偶遇菜鸟驿站无人驾驶快递车戏题 / 010
题华中师大学生宿舍改造后靓照 / 010
参加政治学"一流学科"二轮建设方案论证会 / 011
迎虎年 / 011
辛丑戊戌《满庭芳苑》微刊五百期致贺 / 012
题医院高楼夕照 / 012
贺《漱玉》女子诗刊创办十周年 / 013
2022 年 / 013
路见落红臆想　通韵 / 013
马路边打扫落花的清洁工 / 014
竹笋 / 014
见拂尘园太空莲含苞照即赋 / 015
夏至夜与长缨诗社诸友小聚于南湖大厦，适值风送荷香，故而有作 / 015
庆祝中国共产党诞辰一百零一周年 / 016
题仙人球开花图 / 016
拂尘园小池 / 017
2023 年 / 017
晏居 / 017
勤晒被子 / 018
春游赤壁撷景 / 018
贺湖北省中华诗词学会高校诗歌工委成立周年 / 019
巽寮湾 / 019
绍兴古纤道 / 020
贺英子《发掘当代格律诗词的风景》出版 / 020

墙头草 / 021
题地涌金莲 / 021
元旦祝词 / 022
2024 年 / 022
题建文兄拍摄罗田观音山顶照 / 022
初春 / 023

七绝 / 024
2021 年 / 024
依韵和罗辉主任《2021 年元旦即兴》/ 024
今见景行书院楼顶平台由种花改种菜戏题 / 025
周末于家中电脑前对某些图书进行网上审读有寄 / 025
潜江诗联学会巧辟小区与公园隔离墙为诗词长廊 / 026
年关归乡车中口占 / 026
夫妻合作尝试土灶铁锅煎豆腐戏题 / 027
地米菜 / 027
致喀喇昆仑戍边卫士 / 028
三八妇女节戏拟夫妻关系 / 028
加油工日常　通韵 / 029
春分 / 029
为"2021 中国关山·第四届中华女子诗词论坛"而赋 / 030
出差搭乘飞机透过舷窗所见所想 / 030
为黔西南万峰林漏斗田题照 / 031
研究生复试候考现场 / 031
得君岚兄《云南近现代诗词选》戏谢　通韵 / 032

依八卦掌付兄韵吟《机械插秧》/ 032

贺《秦都雅韵》微刊创办一周年 / 033

参与"诗词党史"直播有感 / 033

访恩施叶挺囚居地 / 034

屏山大峡谷泛舟过一线天 / 034

题恩施大峡谷一炷香 / 035

现场口占2021年毕业典礼暨学位授予仪式在学校露天大操
　场举行 / 035

题拂尘园瓮栽太空莲 / 036

祭十四韵整理者赵京战先生 / 036

题平原游击战画面 / 037

乌江凭吊 / 037

见丝瓜花蔓图戏题折腰句 / 038

传亚东兄将由鄂地调回豫地任教特诗以赠之 / 038

苟坝会议会址听讲解有寄 / 039

娄山关旧址凭吊 / 039

暴雨骤来口占 / 040

七夕前疫情骤发扬州 / 040

园中芋禾 / 041

塘边 / 041

小区临街商厦刚有密接嫌疑者越窗逃出被门卫及时发现劝
　返，所触之窗户立时被红色木板封死，迅以口占 / 042

公忠体国吟 / 042

中秋兴寄　军酒约题 / 043

贺熊正春先生七十寿诞暨两部诗集付梓 / 043

九月十日早班行至办公楼前遇学生列队问候 / 044
题洪湖燕窝镇"新升隆"轮遇难烈士纪念碑 / 044
参加华中师大 2021 级新生开学庆典观礼 / 045
题被夕阳镀金之走廊闲置沙发照 / 045
登天门茶经楼 / 046
参加天门有关蒸菜诗联评审寄韵 / 046
辛丑中秋高温如夏致桂花迟开 / 047
马犟《春浅春深》诗集读后 / 047
煎制家乡小河鱼下饭感赋　通韵 / 048
远程视频见拂尘园秋景 / 048
立冬日气温骤降见霜叶满地有作 / 049
第七届"聂绀弩杯"大学生中华诗词邀请赛决赛因疫情防
　控从季秋推迟到初冬举行，余忝列评委有寄 / 049
两难 / 050
观潜江市博雅学校小学生诗词吟诵节目表演　通韵 / 050
贺湖北省中华诗词学会残疾人诗词工作委员会成立 / 051
医院高楼凌晨倚窗观景　通韵 / 051
履新中华诗词学会乡村诗词工作委员会主任有寄 / 052
步周文彰会长《西安抗疫必胜》韵寄意 / 052
贺黄冈市诗词学会换届暨王建民会长连任 / 053
新年自寄 / 053
马克思主义中国化的三次飞跃 / 054
观影《我的父亲焦裕禄》/ 054
遵义会议旧址 / 055
春节与内子一起观看老家自制豆腐，见其嫩而多孔有
　寄 / 055

元旦前日见友人发夜梅图感赋 / 056

2022 年 / 056

贺岳阳朗吟诗社成立 / 056

记年前为老父备柴 / 057

辛丑除夕题壬寅虎画面石 / 057

题父亲晨炊图 / 058

返汉前步行去镇上小妹家中给老父取回暖手宝 / 058

连日核酸检测戏题 / 059

题刘后清先生诗影艺术作品展 / 059

消泗油菜花节撷英 / 060

研究生线上复试有记 / 060

写给长时段隔离中的女儿 / 061

闻京东三千快递小哥头缠红丝带逆行入沪 / 061

参观拖船埠红色小镇感想 / 062

整理相关材料装盒排列有致寄语 / 062

在学生入党积极分子线上培训班开班典礼上独自起立唱
　国歌有记 / 063

立平会长于母亲节前往拂尘园看望家严，发来合照有
　吟 / 063

健足南湖边撷景 / 064

题孙德生先生愤怒的鸵鸟画 / 064

题女儿归国后的首个生日 / 065

女儿游园博园，余自荐为其摄影并题照 / 065

有感女儿送我治疗晒伤药　通韵 / 066

题大学毕业季自由合影 / 066

明显陵速写 / 067

钟祥莫愁村小憩　通韵 / 067

现场题华中师范大学 2022 年毕业晚会 / 068

欣赏华中师范大学政治与国际关系学院 2022 年毕业生梯级
　合影大照寄语 / 068

寄随州万和镇放羊诗人朱建国　通韵 / 069

随州田王寨怀古 / 069

随州慈恩寺内设有装修别致之公共图书馆 / 070

荷 / 070

女儿考取数据挖掘工程师岗位戏寄 / 071

培训课堂就党性问题代表小组发言感赋 / 071

戏题日月同辉楚风建筑照 / 072

应长缨诗社之邀诗贺建军节 / 072

夏收 / 073

题黑瞎子岛东极宝塔 / 073

过四平遇暴雨 / 074

观海棠山摩崖造像有感 / 074

戏题阜新宝地温泉 / 075

题初秋酷热干旱中的芭蕉 / 075

闻县城喜雨，速查乡下老家远程监控颇为失望有赋 / 076

壬寅秋遥想庾楼 / 076

陈潭秋故居门前池塘伫想 / 077

闻彩霞大姐辞职回老家生活感赋 / 077

集体收看党的二十大开幕式感赋 / 078

聆听党的二十大报告有感 / 078

贺宜昌市老年书画家协会成立二十周年 / 079

痛悼皇甫校长 / 079

值守小区大门查验健康码速记 / 080

挂牌值守有感 / 080

错认籽实有赋 / 081

诗友称"阳后七天口味大振,每天必吃肉"戏赋 / 081

北京部分高校学生流行组群爬行 / 082

写给雷锋 / 082

宁波章氏文化发展有限公司成立兼寄"小楼听雨"诗词
　平台 / 083

快递小哥 / 083

第三次抗原检测 / 084

阳性九日后转阴记 / 084

2023 年 / 085

阳过 / 085

老家烧灶感赋 / 085

门前两桃夹一李致李树挂果稀少故而动迁李树有记 / 086

正月初四于老家望月寄在汉妻女 / 086

题老家《竹床·老画·枯荷·斜阳》图 / 087

寻春 / 087

闻付兄向阳连续获得英山县宣传思想工作先进个人有
　寄 / 088

用余兄仲廉所赠亲种蔬菜做成晚餐戏题 / 088

纪念扬州红桥修禊有寄 / 089

观春节从老家带回桃枝兴寄 / 089

题乌镇小桥流水图 二首 / 090
　　其一 / 090
　　其二 / 090
寻访风波亭 / 090
暮眺雷峰塔 / 091
题龙坞茶山图 / 091
有感于百草园遍地菜花盛开 / 092
三味书屋观感 / 092
兰亭遗址 / 093
贺咸宁市诗联学会六代会圆满召开 / 093
滇池晨曲 / 094
暮访建水朝阳楼 / 094
见团山村将军府第门楼上电线纵横有咏 / 095
建水双龙桥 / 095
戏题石林良心石 / 096
集句步韵和马鹤凌先生《海上赏月口占》绝句记其子马英
　　九访武汉事 / 096
步马鹤凌先生《海上赏月口占》绝句韵感其子马英九访
　　汉事 / 097
第四届中国诗人节于杜甫故里瞻其巨像有感 / 097
杜甫诞生窑 / 098
巩义永昭陵观感 / 098
巩义双槐树遗址随想 / 099
观巩义河洛交汇处 / 099
长缨诗社成立一周年寄语 / 100

题水镜庄 / 100

贺北京诗词学会六代会暨换届选举圆满成功 / 101

题图《大树与小草》/ 101

三峡石牌明月湾 / 102

戏题三峡人家照　通韵 / 102

贺蕲春县诗词学会换届 / 103

参加癸卯高平神农炎帝故里拜祖典礼有感 / 103

参观长平之战纪念馆见秦白起坑赵国降卒之坑而赋大秦 / 104

观汉城广场光武帝省亲雕塑群 / 104

无量台　无梁台 / 105

闻红二十五军从英山陶家河集结长征率先到达陕北有赞 / 105

参观洪湖"次要诗人"年会暨年度诗歌颁奖盛典筹备现场见竖起大牌"把诗写在大地上"有赋 / 106

赴网红城参加王渔洋诗学研讨会有赋 / 106

访渔洋故居品其诗论"神韵说" / 107

同渔洋先生雕像合照 / 107

访赣南省府所在地因未到开门时间故只好从围墙外窥视 / 108

寻访于都长征首渡处 / 108

寻乌访迹有咏 / 109

题古田莲池照 / 109

闻四祖寺坐落于双峰山又称破额山麓有悟 / 110

之西陵谒欧阳修公仰面塑像 / 110

电影《三生三世十里桃花》拍摄地人造桃花依旧盛开 / 111

题坝美稻香图 / 111

感事 / 112

见三峡人家邢总发美视频戏题　通韵 / 112

见老父所种南瓜丰收图感赋 / 113

致酷暑中为《桂子山赋》勒石基座而进行地质测量的勘探
　工 / 113

闻涿州大量书库被洪水淹没 / 114

隆中怀古 / 114

宿惠州西湖宾馆 / 115

照大合影有感 / 115

仲秋见葛洪洗药池中仍残存青莲 / 116

谒惠州东坡祠 / 116

夜眺鄂州观音阁 / 117

九曲亭怀古　通韵 / 117

过吴王避暑宫作折腰句 / 118

题湖北省法院系统"清廉文化"诗歌朗诵会暨诗歌创作大
　赛颁奖典礼 / 118

有感于石家河考古工作站陶碗造型　通韵 / 119

致为如期交付校赋石草坪景观而连夜加班的工人师傅 / 119

读李金发象征主义诗歌感赋　通韵 / 120

读《现代汉诗的百年演变》感悟诗人与时代之关系 / 120

过水淹七军公园遇见 / 121

习家池 / 121

观唐城抛绣球节目戏题 / 122

访米公祠感赋 / 122

见村姑采橘图有赋 / 123

灵山矿区遗址设有"爱要喊出来"之喊泉支付码 / 123

听流行歌曲《来人间走个过场》有赋 / 124

题南宋六陵碑 / 124

鲁镇 / 125

乡村振兴叙事诗创作专题研讨会在亭山桥村召开 / 125

题墨池照 / 126

读阳明先生南镇观花之论而赋 / 126

黄酒小镇见闻 / 127

寄司空吟坛酒创始人吴家春吟长 / 127

题校园流浪猫 / 128

闲行偶作 / 128

西塞山北望亭 / 129

为防汉冶萍炼铁炉落入日寇之手,国民政府曾下令炸毁,遗址沧桑在目有赋 / 129

黄石矿山公园广场矗立着一尊毛主席巨石雕像,主席手握一小块铁矿石,眼底前方乃一形如中国大陆地图之大块铁矿石,偏东南向之铭文石则类似海南岛,某矿领导的现场讲解幽默风趣,听而感赋 / 130

江西省诗词学会乡村诗词工作委员会成立有寄 / 130

贺宁夏诗词学会第七届会员代表大会召开并寄张嵩会长 / 131

贺《水晶诗刊》300 期 / 131

由汉赴琼走访校友 / 132

考察沙河公园"诗词进景区"闻旁人议论周边两座无名山
　　待开发有赋 / 132
欧阳修公园一树如醉翁欲倒，当地园林部门接受诗词组织
　　建议置一巨石撑持有寄 / 133
樱花诗书画社新年雅集有寄 / 133
2024 年 / 134
知音 / 134
贺保康县诗词学会于诗乡创建中喜获专用办公场所 / 134
时序 / 135
南湖晨曲 / 135
贺汉竹成功申遗 / 136
小年 / 136
老父与手机　通韵 / 137
年关依老父吩咐再次备柴 / 137
老父补衣 / 138
题四季花海之海棠与梅花 / 138
三八节戏作　通韵 / 139
值湖北省中华诗词学会企业家诗词工委筹备成立之际拈
　　"粮"韵凑句寄猪粮大户王总和钢构龙头陈总 / 139
访徐州黄楼无厘头想起武昌黄鹤楼故成此绝 / 140
记燕子楼传说 / 140
云龙山放鹤亭 / 141
观砀山万亩梨花戏题折腰句 / 141
清明口号 / 142
春之韵 / 142

观八大山人画 / 143

题象山公园张自忠将军像 / 143

题龙津溪 / 144

老家园中葱 / 144

看西班牙建筑艺术展有赋 / 145

学院团建过东湖随手拍得小照,同事劝题诗句,沿途口占
 通韵 / 145

清江四绝 / 146
 清江游 / 146
 游清江戏作 / 146
 清江蝴蝶岩 / 146
 观清江天然画屏吟折腰句 / 146

云龙地缝四绝 / 147
 云龙地缝 通韵 / 147
 云龙瀑布 / 147
 云龙地缝斗鼻石 / 147
 题天降玉玺 / 148

母亲节纪事 / 148

五律 / 149

2021 年 / 149

题隆冬花圃残存之惟一一枝牡丹 / 149

无题 / 149

闻咸宁市扶贫办荣获全国脱贫攻坚先进集体称号有寄 / 150

老病探视有寄 / 150

拟老父诉说仔鸡接连失事场景 / 151

吴王城寻迹 / 151

校教代会分组讨论借南湖校区培训中心宝地有感兼寄子洲、
　朱虹二兄 / 152

小院小池 / 152

夜读王老德生先生赠书间忆日里拜谒所受教诲 / 153

白云边寄意 / 153

题周家举人府九死一生之御赐牡丹 / 154

乡居 / 154

吴王散花滩 / 155

英山金铺谒沈佺期衣冠冢 / 156

得祁连山石有作 / 156

题金纹石"天鹅之恋" / 157

晨观玻璃幕墙景象 / 157

2022 年 / 158

贺中华诗词学会近日连续召开中华诗词进入中国现当代文
　学史推进会 / 158

南湖夜景 / 158

老父电话长诉老家干旱事 / 159

陪离退休教工在室外体育场健步有寄 / 159

作折腰句喜迎兔年 / 160

2023 年 / 161

泥蜂巢赋 / 161

回乡过年侍护老父阳康 / 161

自老家返汉前集句步苏味道《正月十五夜》韵 / 162

访南漳春秋寨怀关圣 / 163

题老父所种菜豌豆 / 163

釜山村水秀 / 164

四祖寺灵润桥下石刻 / 164

夏访仙人洞村 / 165

百廿校庆华师故事展映 / 165

师姐偕校友二三参观"自在"私家小戏台兼怀某公行
  迹 / 166

2024 年 / 167

回老屋拂尘园团年 / 167

咏项羽戏马台长阶　通韵 / 167

退休前夕体验乡居生活 / 168

象山公园谒陆九渊像感赋 / 168

同诸君东湖踏月听蛙得"依"字 / 169

送别第九届"聂绀弩杯"大学生中华诗词邀请赛评委，席
  间约定以自家姓名之一字为韵 / 169

联坛南湖雅集拈得"花"韵，因想起诗联本一家之说有
  作 / 170

初夏石榴 / 170

贺石首楚望诗社成立四十周年 / 171

七律 / 172

2021 年 / 172

潜江谒李氏兄弟纪念碑吊李汉俊 / 172

读浅浅俗语诗 / 173

集句步韵王德生老《立春》诗 / 173
建立反腐有效机制 / 174
有感于中美高层在阿拉斯加举行战略对话及其后 / 175
西方服装大品牌联手抵制新疆棉事件有寄 / 175
党的十八大胜利召开 / 176
有感于00后"领导不听话就离职" / 176
读少君先生新诗《盛夏》自选"炉"韵奉和 / 177
开启视频为身处异域独自在机房通宵作业的女儿壮胆 / 178
大学之叹 / 178
拂尘园瓮栽太空莲花开有寄 / 179
双井茶 / 179
遵义培训期满返汉有寄 / 180
吴亦凡事件感赋 / 180
寄武汉核酸检测点医务人员 / 181
第二波防疫值守口占 / 181
下沉社区防疫值守有寄 / 182
观孟晚舟归国视频有感 / 182
余兄仲廉先生渊才也,集企业家、慈善家、哲学家、书法家于一身,吾独以诗人友之,并占长句以寄 / 183
校园电信诈骗防不胜防感喟 / 183
联想风波感赋 / 184
饶惠熙先生昨日偕家乡诗友专程看望老父并赐《访段维先生拂尘园》诗,步韵答谢 / 184
邓耘先生昨日专程看望家父并赐《访段维会长拂尘园》诗,集句步韵以谢 / 185

烟霞女史昨日偕家乡诗友看望家严并赐《访段维先生拂尘园》诗，集句步韵致谢 / 187

用范诗银先生《念疫西安》韵集句以和 / 188

2022 年 / 189

写在第二十四届冬奥会于北京开幕前 / 189

丰县事件感赋 / 190

题故园雪后照 / 190

集句用罗辉先生《喜迎北京冬残奥会》韵 / 191

时局吟 / 192

二战欧战胜利纪念日观莫斯科红场阅兵有感 / 193

闻西湖两处景观柳树迁移引起舆情有赋 / 193

闻上海所有返汉人员皆享受免费隔离政策，不少外地返乡人也顺道到武汉享受福利，有人建议只对武汉市民实行免费，官方给出回应"武汉要有感恩之心，不应区别对待，不应歧视"，因之有赋 / 194

赋"红船吟"礼献二十大 / 195

纪念《在延安文艺座谈会上的讲话》发表八十周年 / 195

步韵石厉副会长贺湖北省中华诗词学会辞赋工作委员会成立 / 196

闻某知名品牌菜刀因拍蒜断裂有赋 / 197

感寒门学子与明星考编事 / 197

参观彰武沙化生态稻田示范区感赋 / 198

酷暑闻"雪糕刺客"出世有赋 / 198

多地恢复供销社引热议感赋 / 199

感时 / 199

线上参加数字化中华诗词发展高峰论坛有感 / 200
校园特殊时期夜间值守 / 201
应约咏大师称谓 / 201
闻蔡英文辞去民进党主席速赋 / 202
校区严防 / 202
专车集中送返乡学生至车站 / 203
闻苏州将核酸采样亭改为发热诊疗站 / 203
2023 年 / 204
集句步罗庆云会长韵贺武汉诗词楹联学会第七届理事会
　召开 / 204
马英九一行于三月底访问武汉大学，两岸学生在樱顶召开
　座谈会有寄 / 205
叶嘉莹先生百岁华诞有寄 / 206
参加中华诗词学会五届三次理事会视频会议步韵赠周达
　兄 / 206
闻刀郎《罗刹海市》风行 / 207
医疗反腐风暴赋 / 208
国庆献词 / 208
参加长缨诗社首届军旅诗词研讨会感赋 / 209
于梅园拜谒"绿魂"石及章开沅先生为之撰文碑刻 / 209
参观华新水泥厂博物馆细磨车间 / 210
2024 年 / 211
感时 / 211
题拂尘园禅石，其正面若观音像背面似八卦图　通韵 / 211
南昌与会步庆霖会长韵兼怀王勃 / 212

赋滕王阁 / 213
写在老父中风康复之后 / 213
步刘兄精源先生《七旬自嘲》韵奉贺 / 214
为老父全方位提供安保措施有赋 / 215
大力仑与长城炮及其他 / 215
依韵和石厉兄《登黄鹤楼》/ 216

古风 / 217
2021 年 / 217
乡间采芹歌 / 217
与邹正先生倾谈作促句以寄 / 218
诗和周文彰会长《卜算子·扬州必胜》/ 218
午间应泉名兄倡议，偕胡迎建、郑福太二位会长造访东湖行吟阁，谨步胡会长之韵凑句 / 219
步韵范诗银会长《贺中华诗词学会乡村诗词工作委员会在襄阳成立》/ 220
2022 年 / 221
芦竹 / 221
2023 年 / 222
白水寺观刘秀骑牛征战图 / 222
鉴湖上空见日月同辉景象 / 223
2024 年 / 224
雅集拈"压"字咏某大师再婚事 / 224

词　　部

小令 / 227
　2021 年 / 227
　踏莎行·替牛代言　韵拈"晓"字 / 227
　临江仙·鄂州观音阁访胜 / 227
　菩萨蛮·故园秋感 / 228
　2022 年 / 229
　踏莎行·虎年正月初一体坛大事记 / 229
　浣溪沙·集句步英子《荆门星球大酒店五楼茶聚有作》
　　韵 / 229
　临江仙 / 230
　鹧鸪天·观老鹊护雏图感遇 / 231
　鹧鸪天 / 231
　2023 年 / 232
　浣溪沙·乘普快由武昌至阜阳途中 / 232
　浣溪沙·秋游颍州西湖 / 232
　浣溪沙·夜游惠州西湖过朝云墓 / 233
　浣溪沙·明月湾 / 233
　浣溪沙·西陵峡观纤夫表演 / 234
　2024 年 / 234
　踏莎行 / 234
　临江仙·灯影石 / 235

中长调 / 236

2021 年 / 236

念奴娇·金钱橘 / 236

夜半乐·遏制"舌尖上的浪费" / 237

满庭芳·故乡诗友五四小聚兼寄王老德生并枣香居士 / 237

念奴娇·故园之夜 / 238

2022 年 / 239

青玉案·上元节收看冬奥会之高山滑雪女子滑降赛,用稼
　轩格 / 239

喝火令·见传统大红牡丹彩绘贴膜整车 / 239

玉漏迟·除夕前夜 / 240

紫玉箫·寻访娄山关步范诗银先生韵贺长缨诗社成立 / 240

2023 年 / 242

沁园春·元旦寄语 / 242

御街行·拜谒鲍照墓 / 242

2024 年 / 243

金缕曲·梨花 / 243

满庭芳·黄牡丹 / 244

也说"在其位,谋其政"(代跋) / 245

诗　部

五绝

2021年

再题隆冬未凋牡丹

气若丝飘忽,依然敷薄妆。
形神俱贵族,根脉在隋唐。

初春山塘浮萍

迎夏满塘翠,冲寒几抹红。
其余皆死士,未等到分封。

2021年2月7日

油锯伐枯

烟吐青蛇信,齿生回雪寒。
渐趋衰朽质,失却立锥天。

2021年2月8日

辛丑早樱

去岁雪如樱,今年樱似雪。
残阳一抹人,满眼纸蝴蝶。

2021年2月27日

去岁庾楼中秋诗会未能前往,惟调寄长短句以贺,数日前应诗友相邀登斯楼见拙作书于锦轴之上有感

错失桂觞后,簪花登庾楼。
春风拂行草,依旧瘦于秋。

2021年4月18日

路过校园笛箫亭见夜练学生有寄

夜幕风撩起,星灯幻亦真。
笛箫凭曲线,勾勒着青春。

2021年4月23日

早班步行见街边铁栅栏中月季盛开

长街霞一抹,粉艳别人家。
忽恨铁青栅,圈存带刺花。

2021 年 4 月 26 日

晚下班步行见高架桥堵车作折腰句

龙蟠如血管,流畅市声隆。
可怜车梗阻,引爆夜鲜红。

2021 年 4 月 27 日

首泡故乡新到春茶有寄

沸水息微波,入杯亦翻雪。
芽开孔雀屏,却打心头结。

2021 年 4 月 28 日

题老家院中"一顶红"

名字非非想,乌纱剪剪风。
问谁真解得,一顶滴鲜红。

2021 年 5 月 2 日

架上豇豆

身形幻作龙，藤叶湍如瀑。
借此欲冲天，可怜头被束。

2021 年 8 月 5 日

秋　　蝉

声情摇曳长，自觉凭余热。
末了细如丝，打成蝴蝶结。

2021 年 8 月 7 日

题豇豆图

花如蝴蝶兰,紫艳摄人魄。
香消玉汝成,隐见龙鳞逆。

2021 年 8 月 11 日

故园雨后

渡泛脱缰楫,滩争上水鱼。
涓涓小河汊,一夕变江湖。

2021 年 8 月 14 日

校园内偶遇菜鸟驿站无人驾驶快递车戏题

有鸟谦称菜,纵横任去来。
一朝生羽翼,志向凤凰台。

2021 年 9 月 7 日

题华中师大学生宿舍改造后靓照

楼栋经装点,窗台吸眼球。
衣衫红晒处,成熟一园秋。

2021 年 9 月 18 日

参加政治学"一流学科"二轮建设方案论证会

重九仰高处,顶峰悬一流。
三千尺飞瀑,溅起满滩鸥。

2021 年 10 月 13 日

迎虎年

暖日销残腊,威加出蛰身。
如雷惊一啸,花蕾爆开春。

2021 年 10 月 18 日

辛丑戊戌《满庭芳苑》微刊五百期致贺

字字如金粟,声声珠落盘。
满庭芳簇拥,月上大微刊。

2021年11月1日

题医院高楼夕照

性命皆平等,长生何许求。
夕阳金刷帚,一抹最高楼。

2021年11月30日

贺《漱玉》女子诗刊创办十周年

漱玉琤琮处,心弦自和鸣。
十年花骨朵,一捧叶青青。

2021 年 12 月 29 日

2022 年

路见落红臆想 通韵

临夏寒忽至,凋零叹落花。
一僧方弱冠,拾起补袈裟。

2022 年 4 月 29 日

马路边打扫落花的清洁工

长帚即生涯，倚墙撑起家。
无心细甄别，毒草与鲜花。

2022 年 5 月 2 日

竹笋

湖北仁美诗人群以"平等"为题作业，嘱予寄诗助兴，予分"平""等"二字嵌句成诗，寓不要"躺平"和"闲等"之意。

压顶如磐石，等闲毋躺平。
生凭牛犊角，拱出钻天青。

2022 年 5 月 20 日

见拂尘园太空莲含苞照即赋

生涯陶瓮里,泉石漱其清。
终究非凡物,干云笔欲鸣。

2022 年 5 月 29 日

夏至夜与长缨诗社诸友小聚于南湖大厦,适值风送荷香,故而有作

灯漾南湖碧,香传藕叶青。
和平吟菡萏,国难想长缨。

2022 年 6 月 21 日

庆祝中国共产党诞辰一百零一周年

百载归零若,长征天尽头。
初心如码表,从一计风流。

2022 年 6 月 24 日

题仙人球开花图

地球仪逼真,经纬尽枪刺。
一朵雪莲花,开于弹丸地。

2022 年 7 月 25 日

拂尘园小池

六十年难见,天干致地枯。
城门虽未火,殃及小红鱼。

2022 年 10 月 3 日

2023 年

晏　　居

大疫正横行,千方难应对。
学做缩头龟,日中曝其背。

2023 年 1 月 16 日

勤晒被子

无赖复翻晒,空寥畏倚楼。
勤储日能量,好拥夜温柔。

2023 年 1 月 27 日

春游赤壁撷景

满渚红泥乱,踏青人患时。
菜花黄到俗,碧水皱如眉。

2023 年 3 月 11 日

贺湖北省中华诗词学会高校诗歌工委成立周年

新旧本相生，诗源同一脉。
簧门并艳花，其色可倾国。

2023 年 9 月 10 日

巽寮湾

山枕海平面，名平实不平。
浪花风鼓舞，捎带核余腥。

2023 年 9 月 17 日

绍兴古纤道

一线道犹存，千年纤夫绝。
故知当世人，肩再难称铁。

2023 年 11 月 2 日

贺英子《发掘当代格律诗词的风景》出版

轻翻书卷气，开作一团花。
南国三冬暖，包邮到我家。

2023 年 11 月 18 日

墙　头　草

逆风腰易折,顺势舞斑斓。
谁解尘樊里,草根生计艰。

2023 年 12 月 11 日

题地涌金莲

佛国花仙子,夜来如秉烛。
吾身尽垢尘,愿借光淋浴。

2023 年 12 月 16 日

元旦祝词

日脚新年近,凭何寄兴长。
磋磨诗骨久,金句自包浆。

2023 年 12 月 24 日

2024 年

题建文兄拍摄罗田观音山顶照

远岫叠为浪,云天鹤若鸥。
钟声凭一线,维稳寺如舟。

2024 年 2 月 16 日

初　　春

冻柳珠崩线，寒潭胎动声。
群鱼红踊跃，烈焰化春冰。

2024 年 2 月 29 日

七绝

2021 年

依韵和罗辉主任《2021 年元旦即兴》

渐老如牛自奋蹄,耕畦和汗拌丸泥。
长哞一似低音炮,惊醒春花眨眼皮。

2021 年 1 月 1 日

附罗辉主任原玉:

2021 年元旦即兴

子鼠一身泥,丑牛千里蹄。
年头叠岁尾,岁月辨雄雌。

今见景行书院楼顶平台由种花改种菜戏题

行止景行吾又来,顶层设计莫轻猜。
何须频为花愁绝,明日黄花是菜薹。

2021 年 1 月 3 日

周末于家中电脑前对某些图书进行网上审读有寄

足底寒流袅袅青,鼠标活蹦指难凭。
字词凝滞如蝌蚪,屏是方塘一块冰。

2021 年 1 月 9 日

潜江诗联学会巧辟小区与公园隔离墙为诗词长廊

诗凭雷雨播桑畴,此际隆冬惊寸眸。
料是偷春关不住,平平仄仄冒墙头。

2021 年 1 月 16 日

年关归乡车中口占

春雨如油路刷新,车轮旋处是云根。
老家静坐山腰里,待把云根种院门。

2021 年 2 月 5 日

夫妻合作尝试土灶铁锅煎豆腐戏题

松针软火灶膛红，片玉问途迷雾浓。
白嫩渐趋黄蜡色，老来香惜此形容。

2021年2月9日

地 米 菜

腊序冰封早冒青，争春秾李夺先声。
一生低到尘埃里，碎米花仍灿若星。

2021年2月10日

致喀喇昆仑戍边卫士

界碑缺处立峥嵘,黑漫高原眼是灯。
洒热血防旗褪色,骨深埋化可燃冰。

2021年2月21日

三八妇女节戏拟夫妻关系

快口如刀眼贼尖,治家理政一肩担。
日常绊脚我成石,偶尔压舱夸再三。

2021年2月22日

加油工日常 _{通韵}

日夜巡回千万圈,惯嗔屁股冒青烟。
油将尽际转低调,加满心潮澎湃三。

2021年3月9日

春　　分

簪花节令偏多雨,鹃唤鸠啼相尔汝。
野径横陈落寞红,枕边草绿生生吐。

2021年3月20日

为"2021 中国关山·第四届中华女子诗词论坛"而赋

论坛开幕见新晴,满目花光嘤鸟鸣。
诗国半边天一角,关山雄峙傲然撑。

2021 年 3 月 21 日

出差搭乘飞机透过舷窗所见所想

远眺幽蓝大曲屏,低眉云若雪冰层。
凸凹下似有冤抑,纵处高端未抹平。

2021 年 3 月 22 日

为黔西南万峰林漏斗田题照

万峰岂是自成林,浩荡天风疾抚琴。
数处洼田排八卦,我如诸葛阵亲临。

2021 年 3 月 26 日

研究生复试候考现场

长廊端坐意彷徨,书卷摊开欲借光。
看似临时抱佛脚,实为镇定小灵方。

2021 年 3 月 27 日

得君岚兄《云南近现代诗词选》戏谢 通韵

诗笺裁自彩云南，满眼珠玑粲欲燃。
惹得喉咙伸只手，囫囵吞下再回甘。

2021 年 4 月 20 日

依八卦掌付兄韵吟《机械插秧》

排兵列列绿如潮，机唱田间云水谣。
闲煞老农时剽学，将军指点演军操。

2021 年 5 月 5 日

附八卦掌付兄原玉：

机 械 插 秧

眨眼工夫还未到，新秧列队向人娇。
声声布谷长鸣处，歇业老农伸懒腰。

贺《秦都雅韵》微刊创办一周年

秦都雅韵如天籁，听得丝丝入扣无。
脑海齐烟浮九点，想来应可串成珠。

2021 年 5 月 15 日

参与"诗词党史"直播有感

诗中党史更葱茏，四十万人云上逢。
各个化身为主播，基因红便种成功。

2021 年 5 月 20 日

访恩施叶挺囚居地

江南一叶挟风雷,卷入深山锁翠微。
不受恩施三五斗,将军戴月荷锄归。

2021 年 5 月 30 日

屏山大峡谷泛舟过一线天

水似琉璃绿正阳,浮舟自觉在天堂。
穹隆一线光穿凿,示我依然有上苍。

2021 年 5 月 30 日

题恩施大峡谷一炷香

苍苍一炷自何年,人道晴云散作烟。
我异其为飞蟒立,口中信子吐如兰。

2021 年 5 月 31 日

现场口占2021年毕业典礼暨学位授予仪式在学校露天大操场举行

万顷师生卷巨澜,举头风正鹤冲天。
气球欲蠹拴阑上,但把根留桂子山。

2021 年 6 月 13 日

题拂尘园瓮栽太空莲

空间站是炼丹炉,捧得初心返故居。
莫道拂尘园瓮小,尽收星斗未多余。

2021 年 6 月 24 日

祭十四韵整理者赵京战先生

半生付与韵新标,平仄声中老战袍。
纵使前潮成后浪,啮痕不灭是岩礁。

2021 年 6 月 26 日

题平原游击战画面

四野青纱帐地天,时教鬼子胆生寒。
风来飒飒高粱穗,亮出红缨枪万杆。

2021 年 7 月 6 日

乌江凭吊

江水奔流去不回,青山夹岸首低垂。
崖如斧削苔轻点,怕被诗称无字碑。

2021 年 7 月 7 日

见丝瓜花蔓图戏题折腰句

人云明日即为迟,庆幸黄花有自知。
绝怜怒放之生命,挣断重重束缚时。

2021 年 7 月 19 日

传亚东兄将由鄂地调回豫地任教特诗以赠之

闻君独酌不成三,剑气时教月隔帘。
吹彻箫心谁识得,江南终不及河南。

2021 年 7 月 25 日

苟坝会议会址听讲解有寄

当时孤掌欲鸣难,拂袖摔门都有传。
终挽狂澜何所凭,马灯摇曳动山川。

2021 年 7 月 27 日

娄山关旧址凭吊

关前仰止久盘桓,弹孔苔封壁半残。
一线天分碑两座,大尖山与小尖山。

2021 年 7 月 28 日

暴雨骤来口占

云扑山颏风逆流,雷声四溅水中鸥。
天将白雨三千箭,先向新冠后沐猴。

2021 年 8 月 5 日

七夕前疫情骤发扬州

牛女重逢驿路遥,星期疫阻最无聊。
西湖总为相思瘦,瘦骨空余廿四桥。

2021 年 8 月 12 日

园中芋禾

枉如荷叶美人蕉,绝少蜂须慰寂寥。
顾影感同身代入,和衣听断雨潇潇。

2021 年 8 月 16 日

塘　　边

水满山塘不见波,萍封诱以绿绫罗。
暗施压迫鳞冲跃,铁幕弹穿银一梭。

2021 年 8 月 18 日

小区临街商厦刚有密接嫌疑者越窗逃出被门卫及时发现劝返，所触之窗户立时被红色木板封死，迅以口占

底事翻窗欲窜逃，幸亏劝返奈何桥。
闻之恼火谁能免，怪得封条红似烧。

2021 年 8 月 22 日

公忠体国吟

肝胆随时任去留，岂因三顾再相酬。
伶仃洋里伶仃影，立在昆仑顶上头。

2021 年 8 月 25 日

中秋兴寄 <small>军酒约题</small>

今宵望月话团圆,不再凭栏恨隔天。
军酒赋能沧海量,区区一峡引杯干。

2021 年 9 月 2 日

贺熊正春先生七十寿诞暨两部诗集付梓

欲同鹤算与诗邻,七秩风华曰正春。
五味人生吟两卷,读来家国两昆仑。

2021 年 9 月 4 日

九月十日早班行至办公楼前遇学生列队问候

整列楼前态万方,笑容花气两芬芳。
学生一似提词器,师道时时莫健忘。

2021 年 9 月 10 日

题洪湖燕窝镇"新升隆"轮遇难烈士纪念碑

舟沉替代陆沉沦,红沃江天失白云。
今日衔春多语燕,回旋碑畔唤忠魂。

2021 年 9 月 11 日

参加华中师大 2021 级新生开学庆典观礼

红黄蓝白簪花海,骤忽掌声腾浪潮。
在我看来似田畈,行行列列是秧苗。

2021 年 9 月 17 日

题被夕阳镀金之走廊闲置沙发照

给点阳光便灿烂,放之沙发亦相宜。
遭逢冷落仍期待,哪怕辉煌一霎时。

2021 年 9 月 22 日

登天门茶经楼

问道何如悟道周,登高俯览似通幽。
西湖一碧长天水,蟹眼初烹是鹭鸥。

2021 年 10 月 6 日

参加天门有关蒸菜诗联评审寄韵

捧读诗联串串珠,六千年史未乘除。
雄鸡啼醒家家甑,绘就蒸蒸日上图。

2021 年 10 月 8 日

辛丑中秋高温如夏致桂花迟开

柔枝空对月如规,不屑趋炎紧敛眉。
露冷重阳金吐穗,清寒出落美人胚。

2021 年 10 月 14 日

马犟《春浅春深》诗集读后

一册粉红羞若腮,自称寄调不堪裁。
品来空谷兰幽绝,春浅春深自在开。

2021 年 10 月 16 日

煎制家乡小河鱼下饭感赋 通韵

岁月流金在目前,小鱼慢火带油煎。
儿时故事老来味,不到焦黄不解馋。

2021 年 10 月 24 日

远程视频见拂尘园秋景

新翻泥土似龙鳞,静卧园中对晓昏。
黄紫鸡冠花叫彻,高低不见起风云。

2021 年 10 月 31 日

立冬日气温骤降见霜叶满地有作

莫凭表象怨西风,痛扫青黄兴未穷。
知否几多无奈叶,不甘堕落不翻红。

2021年11月7日

第七届"聂绀弩杯"大学生中华诗词邀请赛决赛因疫情防控从季秋推迟到初冬举行,余忝列评委有寄

金粟香销霜露浓,云端线下最终逢。
疫情捂熟诗心后,火爆枝枝柿柿红。

2021年11月17日

两　　难

一时两地唤何忙,都是因诗和远方。
终爽京城诸子约,苍茫暮色向潜江。

2021 年 11 月 26 日

观潜江市博雅学校小学生诗词吟诵节目表演 通韵

眉眼旗旛俱向阳,平长仄短小花腔。
明知处处见青涩,却橄榄般嚼汉唐。

2021 年 11 月 27 日

贺湖北省中华诗词学会残疾人诗词工作委员会成立

古今缺月未为残,一例清辉照大千。
多少深情诗句子,炼成珠玉欲圆全。

2021 年 12 月 1 日

医院高楼凌晨倚窗观景 _{通韵}

玻璃日久渍痕深,如笋楼盘看未真。
渐次东方红火后,一丸冶炼到纯金。

2021 年 12 月 3 日

履新中华诗词学会乡村诗词工作委员会主任有寄

泥土犹香身上衣,得宜试驭笔为犁。
田园蛙唱新如沸,听取惊天动地诗。

2021 年 12 月 13 日

步周文彰会长《西安抗疫必胜》韵寄意

风雪长安竟若何,新冠潜入似飞蛾。
一城千万人燃臂,上演惊魂投火歌。

2021 年 12 月 24 日

附周会长原玉：

西安抗疫必胜

看尔逞凶能几何，竟朝灯火作飞蛾。
待当雾散云开后，千里来观长恨歌。

贺黄冈市诗词学会换届暨王建民会长连任

新梅破腊唤东风，雪浪连云壁火红。
帅字旌旗人尽望，依然披挂老黄忠。

2021 年 12 月 28 日

新 年 自 寄

轻掷年光又一梭，参差鬓角雪风波。

幸而老骨支离在,或作柴薪或作戈。

2021年12月29日

马克思主义中国化的三次飞跃

星霜变幻见沉浮,逐日云程无尽头。
飞跃首先缘动力,百年三次似加油。

2021年11月15日

观影《我的父亲焦裕禄》

父亲长唤到山崩,不朽精魂向死生。
待把焦桐成雨后,万花爆响紫风铃。

2021年11月19日

遵义会议旧址

小楼斑驳证沧桑,细节沙淘渐不详。
惟有门旁俩槐树,V 形预示后辉煌。

2021 年 7 月 26 日

春节与内子一起观看老家自制豆腐,见其嫩而多孔有寄

清香出脱美人胎,岁月无声烙印腮。
入骨相思数黄豆,凭君点化任君裁。

2021 年 2 月 6 日

元旦前日见友人发夜梅图感赋

补天青石板悬空,欲坠摇摇凛冽风。
星似螺钉松懈久,梅花启子渐拧红。

2021 年 12 月 31 日

2022 年

贺岳阳朗吟诗社成立

朗吟自古凭高怀,吐纳风生云翳开。
江汉洞庭楼并峙,孰忧孰乐莫轻猜。

2022 年 1 月 22 日

记年前为老父备柴

片柴捆扎已堆山,不满其犹未抵天。
到老人寻万全策,再传薪火五千年。

2022 年 1 月 26 日

辛丑除夕题壬寅虎画面石

千古横流淘尽沙,河床含孕出精华。
娘胎记是金纹虎,威伏天涯与海涯。

2022 年 1 月 31 日

题父亲晨炊图

水电皆因雪断供,井泉频汲应声通。
灶膛柴火烹年味,一抹苍颜凭借红。

2022 年 2 月 7 日

返汉前步行去镇上小妹家中给老父取回暖手宝

大雪封门路失标,曳将竹杖过溪桥。
蹒跚一十三公里,父子心由宝套牢。

2022 年 2 月 7 日

连日核酸检测戏题

武汉人从不服周,四天三次探深喉。
嘀咕老矣何须检,阳性无端早弄丢。

2022 年 3 月 9 日

题刘后清先生诗影艺术作品展

光影随机赋海桑,诗词立意琢琳琅。
两般技艺一般理,离不开哦是太阳。

2022 年 3 月 19 日

消泗油菜花节撷英

菜花海里觅青春,满眼金黄助脱贫。
三五大妈争出彩,红纱巾舞白纱裙。

2022 年 3 月 19 日

研究生线上复试有记

新冠卷土掩花冠,三月春风会晤难。
任是地无立锥处,师生策对上云端。

2022 年 3 月 26 日

写给长时段隔离中的女儿

窗外花繁壁影孤,复盘沪汉隔离图。
几平方米安天下,小女儿真大丈夫。

2022 年 3 月 31 日

闻京东三千快递小哥头缠红丝带逆行入沪

资本从来血榨干,偶闻另类在风传。
三千敢死头何异,逆舞京东红爆燃。

2022 年 4 月 16 日

参观拖船埠红色小镇感想

革命从来非顺风,潜江喷薄亦排空。
红船屡遇惊天险,百姓拖船过浪峰。

2022 年 4 月 23 日

整理相关材料装盒排列有致寄语

字字条条砖石青,严防侵蚀筑长城。
敞开家底迎巡察,对党心思本透明。

2022 年 4 月 25 日

在学生入党积极分子线上培训班开班典礼上独自起立唱国歌有记

面屏如壁发心声，一扫沉霾脸放晴。
多少似饥犹渴眼，云端闪烁着星星。

2022 年 5 月 6 日

立平会长于母亲节前往拂尘园看望家严，发来合照有吟

今日小园新拂尘，细看合影动心魂。
娘亲活在父眼里，怪底昏花仍有神。

2022 年 5 月 8 日

健足南湖边撷景

晴光旋旋水光凝,旧苇苍苍新苇青。
难得美人蕉静好,红蜻蜓蹴绿浮萍。

2022 年 5 月 15 日

题孙德生先生愤怒的鸵鸟画

怒发丛丛冲落冠,横眸瞪作柿般圆。
奈何长唳无人顾,声线如针刺破天。

2022 年 5 月 22 日

题女儿归国后的首个生日

几支幻彩烛无邪,四载孤光在海涯。
今夜仍为上弦月,补圆缺憾是爹妈。

2022 年 5 月 31 日

女儿游园博园,余自荐为其摄影并题照

中国风生一袭裙,碧琉璃水划无痕。
睡莲开出儿时梦,儿梦今儿已变真。

2022 年 6 月 5 日

有感女儿送我治疗晒伤药 _{通韵}

随口哼哼力万钧,终知发细女儿心。
买将芦荟胶神药,粘补沧桑劫后痕。

2022年6月7日

题大学毕业季自由合影

步道逶迤步不前,今朝莫让影形单。
快门此际何其慢,难过灵犀一点关。

2022年6月8日

明显陵速写

新旧红门映日颓,石桥瘦减水腰围。
护陵第二对神兽,独角相生龙虎威。

2022 年 6 月 11 日

钟祥莫愁村小憩 _{通韵}

巧傍名媛出秀林,粉墙黛瓦古氤氲。
有人未许轻留宿,疑是曾经辜负春。

2022 年 6 月 12 日

现场题华中师范大学 2022 年毕业晚会

余晖未褪碧天阶,灯彩抢滩大舞台。
多少激情喷射后,星星坠作泪盈腮。

2022 年 6 月 14 日

欣赏华中师范大学政治与国际关系学院 2022 年毕业生梯级合影大照寄语

导师红衬学生蓝,叠上九重无塔尖。
正好青云平步起,看谁先卷月宫帘。

2022 年 6 月 16 日

寄随州万和镇放羊诗人朱建国 _{通韵}

鞭梢最喜蘸天蓝,如赶晴云滚雪团。
时就羊蹄平仄律,敲诗泽畔与山尖。

2022 年 6 月 19 日

随州田王寨怀古

石墙不倒欲何为,风雨声中听子规。
苛政旧痕苔覆盖,严防复活似秦灰。

2022 年 6 月 19 日

随州慈恩寺内设有装修别致之公共图书馆

吊顶清新倚竹枝,对书面壁影依稀。
欲知学养缘何处,听尽春深落笋衣。

2022 年 6 月 20 日

荷

冬藏默默养其精,拱破泥封一抹青。
春水嫌腥秋水老,但凭夏水立蜻蜓。

2022 年 6 月 29 日

女儿考取数据挖掘工程师岗位戏寄

乍闻画面见蓝翔,挖掘机鸣土石扬。
数据工程神也似,开方才罢又平方。

2022 年 7 月 5 日

培训课堂就党性问题代表小组发言感赋

新时代涌百年潮,旧世界随风动摇。
党性修为压舱石,一篙撑过外婆桥。

2022 年 7 月 9 日

戏题日月同辉楚风建筑照

黛瓦灰墙赭赤阑,当年霸气未如传。
亡秦忽忽疑蛮楚,日月明明共戴天。

2022 年 7 月 10 日

应长缨诗社之邀诗贺建军节

当年革命若征蓬,火取镰锤碰撞中。
八一硝烟终未散,随秋先染井冈红。

2022 年 7 月 13 日

夏　　收

山中暑气渐消弭,满树黄桃压弹枝。
老父数竿撑欲折,担心蜂蝶闹腾时。

      2022 年 7 月 23 日

题黑瞎子岛东极宝塔

一塔峨峨威镇东,朝朝先沐太阳红。
广场五十六龙柱,待舞雄雄中国风。

      2022 年 7 月 23 日

过四平遇暴雨

雨如梭子弹纵横,恍若四平鏖战声。
向使英雄余一叹,无非圆缺与阴晴。

2022 年 7 月 28 日

观海棠山摩崖造像有感

如绳小径系云端,悬挂摩崖迹半残。
当日留痕谁料得,世风雨比凿还坚。

2022 年 7 月 30 日

戏题阜新宝地温泉

华清水滑洗凝脂,宝地灵池有过之。
一洗鳞皮似绸缎,工农本色渐偏移。

2022 年 8 月 2 日

题初秋酷热干旱中的芭蕉

秋来暑气反攀高,叶叶枯黄窜火苗。
犹有芳心青未死,痴痴静待雨潇潇。

2022 年 8 月 14 日

闻县城喜雨,速查乡下老家远程监控颇为失望有赋

微信频传小视频,县城瓢泼溅缤纷。
可怜乡下无涓滴,雨露先沾大宅门。

2022 年 8 月 20 日

壬寅秋遥想庾楼

长江龙脊向天浮,昔日滔滔渐断流。
想见楼头昏晕月,只缘无计浴清秋。

2022 年 9 月 7 日

陈潭秋故居门前池塘伫想

南湖烟雨洗星眸,边塞沙尘鼓逆流。
莫问英魂何处觅,碧云红树一潭秋。

2022 年 9 月 28 日

闻彩霞大姐辞职回老家生活感赋

漂泊经年归倚家,门前流水洗铅华。
盈余一粒古莲子,开出五千年彩霞。

2022 年 10 月 14 日

集体收看党的二十大开幕式感赋

望眼重重待幕开,红旗招手自燕台。
百年大党临新考,答卷将由民圣裁。

2022 年 10 月 16 日

聆听党的二十大报告有感

周期率避引长吟,铁打神州痛陆沉。
吾党即今新破译,守江山是守民心。

2022 年 10 月 16 日

贺宜昌市老年书画家协会成立二十周年

夕照青峦分外明,挥毫起落看云蒸。
廿年岁月延长线,直达南山最上层。

2022 年 10 月 20 日

痛悼皇甫校长

几上将军学府台,承翁屡屡把花栽。
今闻花谢空余我,有泪如花不忍揩。

2022 年 10 月 28 日

值守小区大门查验健康码速记

党员服务岗兴隆,抢一回单运火红。
自此垂青变垂绿,灰黄不许飐秋风。

2022 年 10 月 30 日

挂牌值守有感

抢值真如蜀道难,党员突击队优先。
平时都恨特殊化,今日人人刮目看。

2022 年 11 月 6 日

错认籽实有赋

石楠多子如红豆,人见该凭此酿诗。
我竟误其为桂子,当真老不懂相思。

2022 年 12 月 9 日

诗友称"阳后七天口味大振,每天必吃肉"戏赋

口味跟随品位移,圈中肉食者称之。
厌离尸位素餐后,谋国谋家俱未迟。

2022 年 12 月 12 日

北京部分高校学生流行组群爬行

站起来曾声若钟,天安门上贯长虹。
重孙自唤单身狗,四腿尘扬叛逆风。

2022 年 11 月 13 日

写给雷锋

轻若鸿毛小我仍,泰山大我众垂青。
怜君自比真微末,不是螺丝便是钉。

2022 年 11 月 14 日

宁波章氏文化发展有限公司成立兼寄"小楼听雨"诗词平台

入阁登楼俱合宜,章家文脉贯虹霓。
怪来小雨时时润,不使枯干洗砚池。

2022 年 12 月 14 日

快 递 小 哥

满面红红日一轮,把刚需送万家春。
疫声鹤唳从无惧,困在阳关多故人。

2022 年 12 月 18 日

第三次抗原检测

卧榻眠云第七天,两杠依旧似朱阑。
可怜望月难凭倚,廿四桥头箫管寒。

2022 年 12 月 24 日

阳性九日后转阴记

练就真经曰九阴,一杠磨折卧云深。
此时犹在半空里,俯瞰神州半陆沉。

2022 年 12 月 26 日

2023 年

阳　　过

两度来回上下楼，汗珠挟我入江流。
阴阳劫似无涯际，一苇能航是忽悠。

2023 年 1 月 8 日

老家烧灶感赋

灶膛红映脸膛红，煎煮年关腊味浓。
自觉万般灰渐冷，乡情一拨即熊熊。

2023 年 1 月 15 日

门前两桃夹一李致李树挂果稀少故而动迁李树有记

当年密植为人祸,今日移栽补救中。
此后成蹊桃李各,卿桃我李不相逢。

2023 年 1 月 18 日

正月初四于老家望月寄在汉妻女

银河望断问谁怜,为父为儿一样难。
今夜月牙如片橘,未沾唇却已心酸。

2023 年 1 月 25 日

题老家《竹床·老画·枯荷·斜阳》图

竹床皮老易生凉,画里柔条更戴霜。
怜与枯蓬同落魄,夕阳馈我以辉煌。

2023 年 1 月 28 日

寻　　春

二月嫩寒人恻恻,踏青柳眼梦犹浓。
横斜偶遇梅提示,春是枝头几粒红。

2023 年 2 月 22 日

闻付兄向阳连续获得英山县宣传思想工作先进个人有寄

彩笔虽难干气象,痴情不废鼓和呼。
感君两度登红榜,弹铗而今可为鱼。

2023年2月24日

用余兄仲廉所赠亲种蔬菜做成晚餐戏题

楼顶园花间菜蔬,分香撷色趁春初。
定知青绿能医我,日久索诗肠见枯。

2023年3月6日

纪念扬州红桥修禊有寄

小红桥跨小鸿沟,曲水澄明通境幽。
目下几人仍省识,流觞不废赖清流。

2023 年 3 月 10 日

观春节从老家带回桃枝兴寄

辟邪半信折枝丫,寄养银瓶水有涯。
乍见犹疑灵异事,霜条春漫小桃花。

2023 年 3 月 12 日

题乌镇小桥流水图 二首

其 一

石桥圆孔似回眸,每见藤弯作竖勾。
百载抱残还守缺,初心尚在钓鳌头。

其 二

石桥斑驳记沧桑,一溜乌篷短鬓忙。
总觉画风偏瘦硬,忆中软调出船娘。

2023 年 3 月 28 日

寻访风波亭

一桥横跨岂清流,照水樱花雪样稠。

似怕风波新泛起，密林圈禁小亭幽。

2023 年 3 月 28 日

暮眺雷峰塔

塔影居然镇四方，西湖再未起沧浪。
念兹几掐登临意，怕惹沉沦似夕阳。

2023 年 3 月 28 日

题龙坞茶山图

连绵山涨雨前春，遥看青螺出浴新。
螺似蟠龙跬叠起，骊珠正是采茶人。

2023 年 3 月 28 日

有感于百草园遍地菜花盛开

盈眸青绿间明黄,草已根除花独香。
谁是当年大毒草,一声呐喊尽彷徨。

2023 年 3 月 29 日

三味书屋观感

当年桌椅蹭开花,心性纵横未有涯。
万卷品来得三味,漏提一味是禅茶。

2023 年 3 月 29 日

兰亭遗址

曲水无波未见觞,苔封石凳绿荒凉。
幸而第一行书在,时引青禽诵锦章。

2023 年 3 月 29 日

贺咸宁市诗联学会六代会圆满召开

桂乡四季花无缺,此日芬芳正漾开。
一似诗心从不谢,只缘金粟本如来。

2023 年 4 月 4 日

滇池晨曲

晨雾如纱久不收,琉璃浅碧泊轻舟。
忽然天际纷纷雪,扑面亲人红嘴鸥。

2023 年 4 月 16 日

暮访建水朝阳楼

朝阳楼沐夕阳红,乍见惊疑北国逢。
君乃大明朝长子,东南半壁被分封。

2023 年 4 月 16 日

见团山村将军府第门楼上电线纵横有咏

气类孤危府第深,飞檐日月两相簪。
纵然电线排空布,难为知音张作琴。

2023 年 4 月 17 日

建水双龙桥

两朝对接合龙奇,横锁双流济庶黎。
青石包浆颜似玉,摊开青史亦如斯。

2023 年 4 月 17 日

戏题石林良心石

高悬绝壁晒玲珑,痛失初心本色红。
比作良心当判错,良心从未有形容。

2023 年 4 月 18 日

集句步韵和马鹤凌先生《海上赏月口占》绝句记其子马英九访武汉事[①]

人去悠悠隔两天,有何羞见汉江船。
多情公子能相访,颇觉生涯异俗缘。

【注】①集句出处依次为张鷟《游仙窟诗赠十娘》、李山甫《项羽庙》、唐宫嫔《冥会诗·其三》、齐己《溪居寓言》。

2023 年 4 月 19 日

步马鹤凌先生《海上赏月口占》绝句韵感其子马英九访汉事

海峡犹如一线天,哪堪横搁老渔船。
无形铁幕阻归路,有铁分明不绝缘。

2023 年 4 月 19 日

附马鹤凌先生原玉:

海上赏月口占

一片欢声震海天,东西会合两楼船。
相逢原是不相识,雀跃狂呼见血缘!

第四届中国诗人节于杜甫故里瞻其巨像有感

野叟峨峨一石尊,腐儒瞰睨塞乾坤。

几人真个为家国,不惜拚捐老病身。

2023 年 4 月 25 日

杜甫诞生窑

山形笔架待椽笔,搁在窑头意若何?
或许寒窗时透雨,临风蘸墨不须磨。

2023 年 4 月 25 日

巩义永昭陵观感

谁把皇冠碾作尘,有需求又拢为坟。
忠诚还数石雕像,历尽沧桑不弃君。

2023 年 4 月 26 日

巩义双槐树遗址随想

栽下双槐标记家,五千余载早栖鸦。
当时或许鸦如雪,岁月喷涂墨浪花。

2023 年 4 月 26 日

观巩义河洛交汇处

清浊相融终是浑,引黄河鲤跃龙门。
假饶澄澈底能触,或剩虾为白石邻。

2023 年 4 月 26 日

长缨诗社成立一周年寄语

莫云解甲不长缨,夜枕日擎犀锐生。
结社行吟时有待,肃澄一峡海天青。

2023 年 4 月 27 日

题 水 镜 庄

玉溪山下溪如练,水镜湖天鹤影重。
莫怪先生终不仕,举贤更见大心胸。

2023 年 4 月 27 日

贺北京诗词学会六代会暨换届选举圆满成功

京畿遐迩树高标,帅字旗新步更骄。
拟寄榴花三百万,灯笼红上碧云霄。

2023 年 5 月 1 日

题图《大树与小草》

枝叶滋繁翠盖横,荫浓未碍草丛生。
人间一手遮天术,传至树难炉火青。

2023 年 5 月 16 日

三峡石牌明月湾

当年锁钥若雄关,扼住倭儿脖颈间。
明月湾如镰有柄,军民四亿握成拳。

2023 年 5 月 20 日

戏题三峡人家照 _{通韵}

红花小妹老渔船,艳压青溪寂寞蓝。
谁个支罾蓄谋久,网鱼幌子网天仙。

2023 年 5 月 23 日

贺蕲春县诗词学会换届

本草加持仄与平,传薪火溅满天星。
今朝接力知何势,听彻燎原猎猎声。

2023 年 5 月 25 日

参加癸卯高平神农炎帝故里拜祖典礼有感

杏黄旗映太空蓝,钟鼓声声禅可参。
现代化称中国式,农耕岂可不深涵。

2023 年 5 月 26 日

参观长平之战纪念馆见秦白起坑赵国降卒之坑而赋大秦

惊看白骨垒成山,坑卒坑儒兴未阑。
孰料经年化磷火,点燃陈涉手中竿。

2023 年 5 月 27 日

观汉城广场光武帝省亲雕塑群

皇家气象自萧萧,马踏残阳旗卷潮。
阵仗之中藏一卒,矛头所向是龙袍。

2023 年 6 月 2 日

无 量 台 无梁台

不凭梁柱起高台,垒上云天何壮哉。
岂是能工多巧技,民心民力挺崔嵬。

2023 年 6 月 4 日

闻红二十五军从英山陶家河集结长征率先到达陕北有赞

铁脚板凭棱石磨,以之寸寸丈山河。
平时曲径如抻直,定比长征长更多。

2023 年 6 月 9 日

参观洪湖"次要诗人"年会暨年度诗歌颁奖盛典筹备现场见竖起大牌"把诗写在大地上"有赋

水绿天蓝荷翠青,民间坛坫树旆旌。
把诗写在大地上[①],听取行行拔节声。

【注】①第三句五连仄避无可避也。

2023 年 6 月 11 日

赴网红城参加王渔洋诗学研讨会有赋

神韵风流难仰凭,何妨质实亦言情。
人间烟火钟淄博,诗溅其中几火星。

2023 年 6 月 17 日

访渔洋故居品其诗论"神韵说"

庭院深深深几重,文章道德此交通。
百年神韵难言表,一似回廊池苑风。

2023 年 6 月 18 日

同渔洋先生雕像合照

兀然独立傲苍穹,把卷沉凝神韵风。
我与先生同出镜,先生骥枥我龙钟。

2023 年 6 月 18 日

访赣南省府所在地因未到开门时间故只好从围墙外窥视

历史时如云雾烟,流连只为忆从前。
赣南省府知何处,困在围墙洞里边。

2023 年 6 月 30 日

寻访于都长征首渡处

渡口微波云倒翻,迩来勒石记狂澜。
长征岂有无穷日,怪底时横摆渡船。

2023 年 7 月 1 日

寻乌访迹有咏

从来真理出民间,两脚沾泥识暑寒。
今日雌黄涂信口,依然霸占发言权。

2023 年 7 月 2 日

题古田莲池照

晴云雨后起龙蛇,浑浊澄清赖水洼。
沧海由来种桑树,古田端合种莲花。

2023 年 7 月 2 日

闻四祖寺坐落于双峰山又称破额山麓有悟

双峰云雾证沉浮,破壁人先破额头。
侧耳钟声沾雨湿,三分梆硬七分柔。

2023 年 7 月 8 日

之西陵谒欧阳修公仰面塑像

头颅傲岸眼波横,鹤蹴晴云思可凭。
不是洛阳花下客,醉翁一律不垂青。

2023 年 7 月 13 日

电影《三生三世十里桃花》拍摄地人造桃花依旧盛开

碧草黄沙菡萏风,横琴桥白水铮淙。
人间爱恨争相刃,舔血桃花塑料红。

2023 年 7 月 17 日

题坝美稻香图

雨后晴云压岭低,流金稻埂散啼鸡。
小溪活脱蓝绸带,缠住他乡揖别儿。

2023 年 7 月 18 日

感　　事

暑来冰柱置肠间，幸有知交肯抱团。
过后愿丢盔与甲，一竿终老拂尘园。

2023 年 7 月 30 日

见三峡人家邢总发美视频戏题 _{通韵}

龙津喷玉细如烟，白鹭梳翎妆镜前。
最是猕猴懂分寸，秀恩爱不讨人嫌。

2023 年 8 月 3 日

见老父所种南瓜丰收图感赋

汗水横流滴作花,楼梯层递摆南瓜。
可怜不入儿孙眼,无奈掺和米做粑。

2023 年 8 月 4 日

致酷暑中为《桂子山赋》勒石基座而进行地质测量的勘探工

山巅流火绿焦枯,汗雨勾描勘探图。
为使摩天磐石稳,地心松软处加箍。

2023 年 8 月 5 日

闻涿州大量书库被洪水淹没

书山耸峙待攀登,一夕横流化鹤汀。
切叹斯文沉底后,又将波及市高层。

2023 年 8 月 6 日

隆中怀古

此间风水卧龙宜,纬地经天何处丝。
溪月如银难买答,野蚕抱死绿桑枝。

2023 年 8 月 18 日

宿惠州西湖宾馆

潇潇夜雨拭玻璃,水涨西湖与梦齐。
对话朝云红湿处,骚人多不合时宜。

2023 年 9 月 16 日

照大合影有感

竖横有序互看齐,整队依然旧认知。
文学向来崇个性,诗人偏要站成词。

2023 年 9 月 17 日

仲秋见葛洪洗药池中仍残存青莲

死水微澜莫唾之,未曾干涸已稀奇。
仙家魂化古莲实,怜子生生发几枝。

2023 年 9 月 18 日

谒惠州东坡祠

枕山面水结为庐,把卷浮杯亦乐乎。
大宋文官多幸运,抄家不涉五车书。

2023 年 9 月 19 日

夜眺鄂州观音阁

中流轩阁似孤舟,夜枕江声思未休。
一苇以航何所向,满城灯火是黄州。

2023 年 9 月 22 日

九曲亭怀古 通韵

东坡耕罢逛西山,吐纳松风觉嫩寒。
小径盘成肠九曲,人心比似更何堪。

2023 年 9 月 23 日

过吴王避暑宫作折腰句

日午锄禾野老忙,胸如瓦釜沸如汤。
此刻山风凉沁骨,几声喷嚏动君王。

2023 年 9 月 23 日

题湖北省法院系统"清廉文化"诗歌朗诵会暨诗歌创作大赛颁奖典礼

人云铁面证无私,满腹柔情谁识之。
手里法槌堪两用,先敲老虎再敲诗。

2023 年 9 月 26 日

有感于石家河考古工作站陶碗造型 _{通韵}

时光破碎土相粘,窑火烧成固若磐。
一碗区区何所叹,文明盛满六千年[①]。

【注】①据考古专家研究,石家河遗址的发现将中华文明史提早一千年。

2023 年 9 月 27 日

致为如期交付校赋石草坪景观而连夜加班的工人师傅

碧草茵茵凝嫩烟,挑灯铺锦饱风餐。
中秋夜色凉如水,衣上霜花是汗斑。

2023 年 9 月 30 日

读李金发象征主义诗歌感赋 通韵

金发披肩一大咖,诗凭感觉串如花。
不堪驮日鸦唇血,滴到崖山溅晚霞。

2023 年 10 月 5 日

读《现代汉诗的百年演变》感悟诗人与时代之关系

张开怀抱拥如卿,花见花开入眼青。
退后三分重相面,雀斑妆已不时兴。

2023 年 10 月 6 日

过水淹七军公园遇见

荒草拦腰隐史踪,一竿两叟钓秋风。
七军尸骨千年后,仍沃美人蕉上红。

2023 年 10 月 10 日

习 家 池

秋风至此步迟迟,枫叶初黄诗未题。
六角亭台一池水,流觞漱墨问谁宜。

2023 年 10 月 10 日

观唐城抛绣球节目戏题

婉转娥眉顾盼频,一球抛出十分春。
平时见利趋如鹜,此际争当袖手人。

2023 年 10 月 10 日

访米公祠感赋

师法先贤铸自家,酷肖酿蜜不留花。
丑书当下如萍聚,闹市王婆在卖瓜。

2023 年 10 月 12 日

见村姑采橘图有赋

村姑模样忆从前,臂挽竹篮如月弯。
摘得青黄未霜橘,逢人怕问几分酸。

2023 年 10 月 26 日

灵山矿区遗址设有"爱要喊出来"之喊泉支付码

青山见证爱之深,藏在心中铅样沉。
设个喊泉凭扫码,原来真爱是真金。

2023 年 10 月 27 日

听流行歌曲《来人间走个过场》有赋

来到人间走过场,凭君背满甚行囊。
愿将珠玉易平仄,吟作心中白月光。

2023 年 10 月 29 日

题南宋六陵碑

一碑孑立倚松蒿,头骨传杯恨未销。
身后茶园绿蓬勃,应该不代表王朝。

2023 年 10 月 31 日

鲁　　镇

迅哥儿笔铸风流，人物卑微亦出头。
最爱长衫孔乙己，穷酸神气不曾丢。

2023 年 11 月 1 日

乡村振兴叙事诗创作专题研讨会在亭山桥村召开

佳作难能叙事诗，闭门论道枉凝眉。
坫坛移到村头上，听取黄鹂唱竹枝。

2023 年 11 月 2 日

题墨池照

漱笔池曾泽及邻,墨梅清气满乾坤。
如今水底天如镜,忍照胸无点墨身。

2023 年 11 月 3 日

读阳明先生南镇观花之论而赋

我未来时花寂寞,我来顿使花欢乐。
若然心碎似玻璃,是否此花当堕落。

2023 年 11 月 4 日

黄酒小镇见闻

门前静泊小乌篷,陶瓮勾留不倒翁。
封口初疑如雪白,慢时光醉布通红。

2023 年 11 月 4 日

寄司空吟坛酒创始人吴家春吟长

司空山水有乾坤,酿出如桃红糯春。
我欲因之访吴总,倾壶吟醉一溪云。

2023 年 11 月 8 日

题校园流浪猫

梦呓日头三五竿,因沾墨水气如兰。
虽然流浪名难听,赚得浮生日日闲。

2023 年 11 月 14 日

闲 行 偶 作

老来检点旧行藏,脱颖锥横锈赭黄。
虽爱梅嫌花季短,一生知己是文章。

2023 年 11 月 16 日

西塞山北望亭

亭凭楚尾望吴头,九曲长江脐带犹。
自古河山一统梦,依然种在散花洲。

2023 年 11 月 24 日

为防汉冶萍炼铁炉落入日寇之手,国民政府曾下令炸毁,遗址沧桑在目有赋

脊梁冶炼国和家,断腕红喷日暮霞。
劫后废墟余砥柱,莫忘犹可柱中华。

2023 年 11 月 24 日

黄石矿山公园广场矗立着一尊毛主席巨石雕像，主席手握一小块铁矿石，眼底前方乃一形如中国大陆地图之大块铁矿石，偏东南向之铭文石则类似海南岛，某矿领导的现场讲解幽默风趣，听而感赋

形状舆图国色红，风生南海岛浮东。
台湾若失人争觅，主席原来掌握中。

2023年11月26日

江西省诗词学会乡村诗词工作委员会成立有寄

新田园绣小康春，巧手乡亲是主人。

诗句何如苗茁壮,泥中双脚要生根。

2023 年 12 月 1 日

贺宁夏诗词学会第七届会员代表大会召开并寄张嵩会长

黄沙返照月光寒,直把征人甲胄穿。
君是诗家堪借力,打磨险句到天然。

2023 年 12 月 5 日

贺《水晶诗刊》300 期

三百期凭心血刊,琳琅文字水晶般。
质优未必基于量,千古《诗经》三百篇。

2023 年 12 月 10 日

由汉赴琼走访校友

裹若熊猫冰透肌,向南向海驭风驰。
舷窗甫出汗如雨,冷暖原来不自知。

2023 年 12 月 15 日

考察沙河公园"诗词进景区"闻旁人议论周边两座无名山待开发有赋

一园新景引诗群,对峙青山尚本真。
开掘三分当自足,七分留赠与儿孙。

2023 年 12 月 27 日

欧阳修公园一树如醉翁欲倒，当地园林部门接受诗词组织建议置一巨石撑持有寄

近千年醉化灵根，欲坠谁扶弃置身。
自古君恩如雨露，靠山石赖粉丝群。

2023年12月28日

樱花诗书画社新年雅集有寄

一元复始宴徐东，座有春风醒酒红。
情至真时语宜淡，樱花颜色与诗同。

2023年12月30日

2024 年

知　　音

苦觅痴寻胜过仙，踏残流水与高山。
晚来终觉夕阳好，欲坠仍然火一团。

2024 年 1 月 11 日

贺保康县诗词学会于诗乡创建中喜获专用办公场所

好借东风来主张，三间市舍足堂皇。
胸中吐纳天和地，笔底繁荣海与桑。

2024 年 1 月 12 日

时　　序

绿肥红瘦本寻常,拥过朝阳又夕阳。
最美年华是花甲,身心解放到无疆。

2024 年 1 月 14 日

南 湖 晨 曲

一角湖山入眼青,东方红溅化轻冰。
船夫打桨声尖脆,惊断鸳鸯梦一程。

2024 年 1 月 29 日

贺汉竹成功申遗

闻道申遗若摘星,天梯层叠老中青。
招牌切勿成铅幕,隔绝萧萧枝叶声。

2024 年 2 月 1 日

小　　年

梅枝雨冻水晶红,斜照山家腊酒浓。
老父端杯时饮恨,儿孙归路被冰封。

2024 年 2 月 4 日

老父与手机 _{通韵}

老年机坏似丢魂,冒雪顶风修换频。
骂骂咧咧新买就,掌心捧若小儿孙。

2024 年 2 月 5 日

年关依老父吩咐再次备柴

横裁竖劈总操盘,耄耋雄心从未残。
薪火五千年备足,担心下个五千年。

2024 年 2 月 9 日

老父补衣

纫针何短线何长,瘦指捉牢针鼻梁。
见说退休收入少,为儿缝补破衣裳。

2024 年 2 月 13 日

题四季花海之海棠与梅花

从来梅雪爱争春,各逊三分互睦邻。
孰料海棠新插足,向人嘟起大红唇。

2024 年 2 月 15 日

三八节戏作 _{通韵}

节临无计表忠心,脱下西装围上裙。
错把白糖当盐使,菜肴甜到要沉沦。

2024 年 3 月 7 日

值湖北省中华诗词学会企业家诗词工委筹备成立之际拈"粮"韵凑句寄猪粮大户王总和钢构龙头陈总

久安天下问良方,头一回听猪与粮。
但使民魂缺钢构,风帆片霎委沧浪。

2024 年 3 月 29 日

访徐州黄楼无厘头想起武昌黄鹤楼故成此绝

土能克水取泥巴,筑就黄楼汛有涯。
我是江城鹤一羽,落梅花里看桃花。

2024 年 3 月 30 日

记燕子楼传说

楼空谁为卷朱帘,骚客多情细细参。
笑煞子瞻顽且鲁,夜深卧听燕呢喃。

2024 年 3 月 30 日

云龙山放鹤亭

亭古松苍无爪泥,我来何凭悟玄机。
荣休不惯闲如鹤,长锁笼中更适宜。

2024 年 3 月 30 日

观砀山万亩梨花戏题折腰句

借问谁为白月光,星河荡漾指裁忙。
忽见一枝桃插足,眼花缭乱少年郎。

2024 年 3 月 31 日

清明口号

本命年逢节候乖,风如刀片梦横裁。
家山几树雪花李,趁倒春寒放肆开。

2024 年 4 月 3 日

春之韵

神采难能工笔描,鲤争滩对鹤鸣梢。
何如裁琢家山竹,六孔吹长尺八箫。

2024 年 4 月 7 日

观八大山人画

梦断家亡国破时,王孙隐处草萋萋。
画中松竹皆枯槁,应是零星泪沃之。

2024 年 4 月 9 日

题象山公园张自忠将军像

魂躯为国已全捐,造像缘何身半残。
余骨移将堪大用,亟须补壁是河山。

2024 年 4 月 11 日

题 龙 津 溪

垂涎成瀑欲何之,青雾蒸蒸旋旋时。
三峡人家余也爱,诗翁秉性在矜持。

2024 年 4 月 18 日

老家园中葱

乡情濡笔见奇锋,沃土繁须深吮中。
此刻灵魂之问是,吟坛你算哪根葱?

2024 年 4 月 20 日

看西班牙建筑艺术展有赋

尖顶浮雕蔚大观,张扬形式重于天。
汉家内在远超外,茅屋秋风足御寒。

2024 年 4 月 21 日

学院团建过东湖随手拍得小照,同事劝题诗句,沿途口占 _{通韵}

水光天色两相宜,嫩叶枯枝作主题。
画里有诗诗有画,再多一字便奢靡。

2024 年 4 月 26 日

清 江 四 绝

清　江　游

七拐八弯神鬼差,恨无长臂代撑开。
游轮个大江嫌窄,怕与青山撞满怀。

游清江戏作

翠自峰头滴下来,晴光亦可湿人腮。
笑谁弃戴遮阳帽,多半担心绿沁开。

清江蝴蝶岩

双翅张开未敢扇,免生效应默如禅。
直将龙卷风掀浪,憋作千秋一绺泉。

观清江天然画屏吟折腰句

雨蚀风磨造化工,阴阳画面未雷同。

相自心生当警省，人为刍狗我为龙。

2024 年 5 月 7 日

云龙地缝四绝

云 龙 地 缝　通韵

于人于己未惶惭，地缝分明不用钻。
真到底层羞煞甚，当年或许负苍天。

云 龙 瀑 布

其态其形莫可名，霓裳如雪舞娉婷。
杨妃死后谁曾记，当日回天是白绫。

云龙地缝斗鼻石

一生死磕问赢输，心结从来未解除。
若是山川沦陷再，两相吻别可能无。

题天降玉玺

太初方正出天工,近世倾斜莫动容。
一自皇冠崩坠后,石顽并不碍跟风。

2024 年 5 月 8 日

母亲节纪事

老来病骨亦张狂,被褥无端蹬下床。
妻拾起时随口骂,就凭这点像吾娘。

2024 年 5 月 9 日

五律

2021年

题隆冬花圃残存之惟一一枝牡丹

君恩真叵测,冬凛幻春熙。
倾国霓裳薄,凝脂梳洗迟。
连朝贲宠失,瞬息舞腰低。
攘攘无人顾,霜天第一枝。

2021年1月2日

无　　题

陋室坐春风,茶汤催夜浓。
手心瓷映雪,眸底影惊鸿。

落笔蚁横阵,笼弦箭上弓。
自惭临老境,如此不从容。

2021年3月7日

闻咸宁市扶贫办荣获全国脱贫攻坚先进集体称号有寄

穷根代泛青,不挖柱咸宁。
耗我一腔血,燎原万户灯。
嘘寒添耐火,引智启明星。
机制乃长策,人民是准绳。

2021年3月10日

老病探视有寄

痼疾痊无望,生涯读秒针。
日光窗转折,花气夜浮沉。

不死是为贼,长嗟亦烁金。
时来娱一晌,无药抵开心。

2021 年 4 月 5 日

拟老父诉说仔鸡接连失事场景

闲散觅浮食,濒危或感知。
盘空瞠目鹞,钻棘炸毛鸡。
故故因愚钝,生生被劫持。
寸眸追似箭,此恨与天齐。

2021 年 4 月 7 日

吴王城寻迹

楼宇合围地,土墩眠楚茅。
青芒恃王气,紫蔓束宫腰。
窈窕参差影,依稀大小乔。

美人时复活,帝业可回潮?

2021 年 4 月 11 日

校教代会分组讨论借南湖校区培训中心宝地有感兼寄子洲、朱虹二兄

秃树守成哨,湖山翠截留。
轩窗卡落日,绝美在回眸。
就座何须大,居心自得幽。
边缘生化境[①],论道乐同俦。

【注】①培训中心员工自称被边缘化。

2021 年 4 月 18 日

小 院 小 池

镜面微微皱,回廊曲径风。
野花侵岸紫,锦鲤向人红。

横渡石桥瘦,通常日影重。
闲云久沉碧,终与我相逢。

2021年5月3日

夜读王老德生先生赠书间忆日里拜谒所受教诲

户外虫声细,经花捎带香。
芝麻粒楷字,灵动夜珠光。
诲我亲如子,回甘蜜入肠。
鸡窗红一萼,直是破天荒。

2021年5月4日

白云边寄意

灵地松滋养,蟠根龙荐泉。

流经新石器,酿就白云边。
赊月相轻俗,穿肠岂碍禅。
刘伶频入梦,硬说有前缘。

2021年7月20日

题周家举人府九死一生之御赐牡丹

粉艳帝王家,因缘来僻土。
未将乡国倾,犹惹蛾眉妒。
手刃其根须,香消于旦暮。
生机一线存,惜玉人何苦。

2021年7月25日

乡　居

日月任圆缺,安然岭尽头。

三餐柴火饭,一侣水天鸥。
时政随屏曲,竹林行径幽。
未穷千里目,满足两层楼。
胸次无边际,壶中觅自由。
借书为脊柱,虽老气横秋。

2021 年 8 月 20 日

吴王散花滩

闻名何浪漫,花雨涨前川。
赤壁仍余火,苍生苟御寒。
抗曹锋隐忍,联袂舞翩跹。
踏石留痕处,鳞苔绿正鲜。

2021 年 9 月 27 日

英山金铺谒沈佺期衣冠冢

乡路多之字,铺金任夕阳。
攀岩竹横翠,护冢草拖黄。
律细风传播,衷深世薄凉。
唐诗三百首,骸骨许收藏。

2021 年 10 月 4 日

得祁连山石有作

黑白天成画,祁连雪裹头。
谁怜后现代,意识古今流。
百鸟朝桐凤,孤光出海洲。
鲲鱼闲卧底,只眼看沉浮。

2021 年 11 月 21 日

题金纹石"天鹅之恋"

  褪落铅华后,迎眸雪羽寒。
  海枯终见证,石烂料应难。
  交颈堪当刎,浮生岂可怜。
  供之香案上,日鉴过三番。

        2021 年 11 月 30 日

晨观玻璃幕墙景象

  幸而非铁幕,反映有孤光。
  日浴玻璃绿,江垂潋滟黄。
  尘中难濯足,头顶或融霜。
  虚实双元素,合成云水乡。

        2021 年 12 月 1 日

2022 年

贺中华诗词学会近日连续召开中华诗词进入中国现当代文学史推进会

周天梅破腊,文学史前春。
彰显诗骚魄,会盟龙虎军。
长孺当国器,真诀为人民。
给给时何待,力拿班彩云。

2022 年 1 月 22 日

南 湖 夜 景

群楼新拔地,灯火老煌煌。
枯苇形同我,鲜蒲剑吐芒。

舟轻浮蜃气,龟横占龙床。
怪底风平处,居然沸若汤。

2022 年 5 月 18 日

老父电话长诉老家干旱事

秋风空拔拂,暑气仰凭高。
井底泥龟裂,田中禾炭焦。
三餐难戏法,一地尽鸡毛。
肯确知无计,依然问妙招。

2022 年 8 月 13 日

陪离退休教工在室外体育场健步有寄

累日蜗居久,斯时作放翁。

神情纷雀跃,步态渐龙钟。
遵序平行线,蹓弯满月弓。
亏盈浑莫计,所得是从容。

2022 年 11 月 20 日

作折腰句喜迎兔年

闭门屏外役,陋室有烟霞。
移种金钱橘,临摹白石虾。
光雾千重瀑,窗风几绺笳。
开心望兔尾,大疫岂无涯。

2022 年 12 月 8 日

2023 年

泥蜂巢赋

寄我廊楹上，淤泥赋茧形。
洞留枪眼密，壁凿石棱青。
三九养其息，芬芳不与盟。
害虫餐欲尽，恶子螫频仍。
酿蜜邻家炫，闻名访客灵。
念来心戚戚，忍作捣巢声。

2023 年 1 月 17 日

回乡过年侍护老父阳康

阴阳谁作局，僻壤亦敲枰。
家父如棋子，沙场正血腥。
延医皆赤脚，输液对枯藤。

儿是上灵药,闻声便泛青。

2023 年 1 月 23 日

自老家返汉前集句步苏味道《正月十五夜》韵[①]

复有相宜夕,池清月正开。
文如龟负出,图似凤衔来。
小穗闲簪麦,微酸细嚼梅。
相看情意好,归辔不须催。

【注】①集句各联出处依次为沈佺期《和元舍人万顷临池玩月戏为新体》、李峤《奉和拜洛应制》、陆游《初夏幽居杂赋七首·其一》、郭印《七月二十八日蒲大受仲明举偶来会宿三·其一》。

2023 年 2 月 2 日

访南漳春秋寨怀关圣

披荆寻古寨,细雨湿阶除。
忠义云天薄,须眉夷世无。
读残页岩石,拼合霸王图。
勋业篆烟里,抟风乱碧虚。

2023 年 3 月 20 日

题老父所种菜豌豆

斜傍枪篱畔,犹存六出花。
暮垂千片月,翠黯一天霞。
时见龙须怒,偶遭蜂尾揶。
父亲老犹健,培护似盘伢。

2023 年 5 月 2 日

釜山村水秀

湖色山沉浸,霓虹潋滟开。
天荒神话老,水幕影踪皆。
幻灭于弹指,乾坤在戏台。
置身虚实里,自觉剩形骸。

2023 年 5 月 27 日

四祖寺灵润桥下石刻

崖畔河床石,洪荒即躺平。
誓言曾刻骨,流水本无情。
诗寄蘋花碧,风传柳眼青[①]。
今来惟想象,掬月六朝僧。

【注】①宋胡翼龙《桑清都》词有"杜若还生,蘋花又绿"之句。传说柳宗元曾为此处写下"破额山前碧玉流""欲采蘋

花不自由"的诗句,柳公权写的"碧玉流"三个大字就刻于河床卧石上。

2023 年 7 月 9 日

夏访仙人洞村

山作青螺串,围成小洞天。
人家凭水渚,檐角挂云端。
似火莲摇舌,如霜月在舷。
红尘无俗处,多在井中观。

2023 年 7 月 16 日

百廿校庆华师故事展映

桂岳葱茏地,人文深沃根。
大师传绝学,故事蕴灵魂。

吐艳桃和李,交辉善与真。
未来如剧透,开幕拨青云。

2023 年 8 月 11 日

师姐偕校友二三参观"自在"私家小戏台兼怀某公行迹

青葱榕树下,庭院敞开怀。
杏眼光风雅,凤冠霞玉阶。
调曾寄江总,貌似是全才。
落座余温处,幽情未可猜。

2023 年 12 月 17 日

2024 年

回老屋拂尘园团年

拂尘兼拂雪,身役顿身轻。
有鹭携云至,专门与我盟。
烟花山抹紫,家父眼垂青。
炭火红吹旺,腌椒鱼细烹。

2024 年 2 月 5 日

咏项羽戏马台长阶 通韵

纵马敲星火,参差次第然。
阿房灰作俑,子弟尽逃禅。
剑刎律频咽,台空人代添。
一排旧琴键,弹到血斑斓。

2024 年 3 月 30 日

退休前夕体验乡居生活

田园归不易,艺习百般强。
壁坏能调腻,围低可砌墙。
杀青茶缱绻,补白豆琳琅。
老父近多疾,吊煨灵药汤。

2024 年 4 月 5 日

象山公园谒陆九渊像感赋

先生端坐处,讲授正开篇。
宇宙吾心也,吾心宇宙焉。
初听近饶舌,复习似参禅。
学问今何若,真传在弄玄。

2024 年 4 月 11 日

同诸君东湖踏月听蛙得"依"字

嫩凉如出浴,照面夜琉璃。
炫目灯无赖,临风酒可依。
蛙声沸潭石,花气遇心期。
情若月堪品,将圆未满时。

2024 年 4 月 22 日

送别第九届"聂绀弩杯"大学生中华诗词邀请赛评委,席间约定以自家姓名之一字为韵

情浓何逊酒,话别又衔杯。
红艳虾腰细,黄焦鳝片肥。
风云凭吐纳,坛坫待匡维。

谙忆雪堂老，雄才不可追。

2024 年 4 月 23 日

联坛南湖雅集拈得"花"韵，因想起诗联本一家之说有作

为才所倾倒，跨界拜方家。
笑比月还满，身因酒渐斜。
一枝曾别样，并蒂似莲花。
戚戚怜离坼，团圆应有涯。

2024 年 5 月 2 日

初夏石榴

敢将红五月，挂满小灯笼。
雨泼何曾熄，风摇势更雄。

罗裙影飘逸,火把节醮浓。
欲嫁盘谁接,多胎在孕中。

2024 年 5 月 4 日

贺石首楚望诗社成立四十周年

楚望风云合,荆江日月浮。
众山崇石首,一社粲星眸。
群怨兴观事,乾坤家国忧。
吟题千古在,卌载是开头。

2024 年 5 月 19 日

七律

2021 年

潜江谒李氏兄弟纪念碑吊李汉俊

传扬马列布惊雷,沪上家中誓党旗。
一面红如照妖镜,半湖蓝欲漫长堤。
愤然拂袖潜憨子①,难得撑船小肚皮。
江汉鹤归云诡谲,洲头萁豆忆萋萋。

【注】①潜江人因性格耿介,故有潜憨子之称。中共一大后因诸多建议未被陈独秀、张国焘接受,李汉俊负气回到武昌,投身国民革命并支持工人运动,后被军阀以赤色分子罪名杀害,年仅三十七岁。

2021 年 1 月 17 日

读浅浅俗语诗

浅浅深深凹凸平,艺途荆棘向阳生。
千村遗矢辞超俗,一尿留痕史泛青。
谙忆废都掀见底,未妨碎玉溅为星。
云霾夜拟硝烟起,谁挽天河洗甲兵?

2021年2月4日

集句步韵王德生老《立春》诗[1]

小庭犹聚爆竿灰,变化春风鹤影回。
种树百年蟠厚地,调羹重见用盐梅。
诗心只向苍黔折,佛日凝然妙境开。
一串歌珠云外袅,南山晓翠若浮来。

【注】①集句出处依次为来鹏《早春》、刘沧《看榜日》、贝琼《槐阴亭》、吕岩《书与胡咏之》、傅义《次韵和丁小玲周甲书怀四首·其一》、敦煌曲子《五更转·其五 无相五首》、

吕渭老《惜分飞·元夕》、张说《侍宴隆庆池应制》。

2021 年 2 月 4 日

附王德生先生原玉：

立 春

黄钟葭管尽飞灰，地脉先知送暖回。
堤上细风忙动柳，苑中残雪不藏梅。
林梢吐艳韶光显，池水扬波笑口开。
景色翻新随处好，放歌青帝报春来。

建立反腐有效机制

蒿莱腐败化流萤，蚁穴终将堤圮倾。
药未通筋针刺探，线如触底法提升。
庙堂已矗鲜明帜，闾巷时闻霹雳声。
"在路上"休思偃处，鹧鸪不住马纵横。

2021 年 3 月 12 日

有感于中美高层在阿拉斯加举行战略对话及其后

话锋陡转剑封喉，举世疑云与日稠。
养晦俱称人设好，冲冠一怒气横秋。
顿临合纵张罗网，欲缚齐天大圣猴。
遥忆五行山在目，曾因轻慢惜蒙羞。

2021 年 4 月 1 日

西方服装大品牌联手抵制新疆棉事件有寄

羊毛薅尽又薅棉，喋血征途豹胆寒。
待取睡狮初醒后，伺窥流箭已空前。
疆民马壮无穷碧，戈壁星繁不夜天。
小小银团花灼灼，何妨把做弹丸看。

2021 年 4 月 4 日

党的十八大胜利召开

华灯堂构自辉煌,固本图新求是方。
改革逼临深水处,举旗引领小康庄。
文明一体连生态,战略全盘扣党纲。
主义犹须中国化,仰凭特色立苍茫。

2021 年 4 月 9 日

有感于 00 后"领导不听话就离职"

呱呱坠地太阳升,花月春风全仰凭。
三代老臣心帖服,一朝新帝角峥嵘。
移宫换羽梦霄壤,献策匡时人薄轻。
赎救明珠于暗处,束之高阁自光明。

2021 年 4 月 12 日

读少君先生新诗《盛夏》自选"炉"韵奉和

雨后柔条绿串珠,几排眉眼向蓝图。
星光形匿尘余轨,鸽哨冰清线一弧。
谁解蝉嘶为大雅,自知秋到近虚无。
如丸晓日心头孕,浴血东方红出炉。

2021 年 5 月 15 日

附少君先生原玉:

盛　　夏

经过一夜暴雨的刷新
清晨,在雨淋淋的枝头上
夏天盛大的一轮红日新鲜出炉

随后,各种声音都响亮起来了
浩荡的风,轰鸣的蝉
但最嘹亮的——
仍是晴朗蓝天之下的那一阵鸽哨

开启视频为身处异域独自在机房通宵作业的女儿壮胆

寸屏静好对非常,神色凝如狙击场。
数据无声来海啸,结晶执意要天香。
再多力量耗时尽,偌大机房借影双。
差可赋能凭片语,车身老泪任汪洋。

2021 年 6 月 8 日

大 学 之 叹

十年一剑古来言,今出霜锋限数天。
跃进雷殿奔脑后,短平手快着鞭先。
非升即走情何以,雪月风花韵尽删。
星汉文光瞻色变,有人血刃舔连环[①]。

【注】①2021 年 6 月 7 日下午,复旦大学发生一起青年教师持刀伤人的暴力犯罪案件,引起外界震惊。

2021 年 6 月 12 日

拂尘园瓮栽太空莲花开有寄

云汉归来何所依,芳心南北复东西。
请君入瓮无非我,灭顶之灾全赖泥。
数叠清圆掩珠泪,花红双颊饰胡姬。
传杯人在烟霞处,惟恐重逢事已暌。

2021年6月24日

双 井 茶

西江月脚上重冈,梦里神游对一床。
山谷松风翻雪乳,茶盂蟹眼看炎凉。
降脂渐小将军肚,论道常宽君子肠。
双井清流为底色,永教那抹绿张扬。

2021年7月13日

遵义培训期满返汉有寄

转折之城问道忙,寻思一任马无缰。
风雷激荡迸真火,云海蒸腾出太阳。
晾晒初心须坦腹,守持晚节莫肥肠。
诸君此别回甘处,赤水方能酿酱香。

2021 年 7 月 29 日

吴亦凡事件感赋

明星何以不蒙尘?银汉苍茫望眼昏。
得意网中红烂漫,销金窟里黑沉沦。
仙人跳被反其道,女粉丝怜劫后身。
覆辙几时能惮避,除非都入躺平群。

2021 年 8 月 1 日

寄武汉核酸检测点医务人员

排做长龙人隔三,深喉有幸上医探。
双眸炯炯潭流碧,只手盈盈话沁甜。
口罩蓝如云破雨,额头红淌汗应咸。
江城日月轮流歇,君把晨昏一担兼。

2021 年 8 月 13 日

第二波防疫值守口占

旧业重操问若何,袖章岁月又如歌。
十年八面威风起,一夕千般软语呵。
蚊以红包醒我乏,时留青眼候戈多。
人魔共处怎堪说,大圣初心不许磨。

2021 年 8 月 18 日

下沉社区防疫值守有寄

黄昏立尽立中宵,夕照星光掠二毛。
方寸码争芳草绿,袖箍红泛百年潮。
热情扰乱测温器,硬核查明赖鼠标。
人命关天天似海,行舟何以不飘摇?

2021 年 8 月 19 日

观孟晚舟归国视频有感

西风渐歇晚舟归,灯火鹏城夜霭微。
衣着大红中国色,话承直白旧家规。
一千余日垒成壁,十四亿拳挥作锤。
此后龙兴征路远,如何接力问华为。

2021 年 9 月 25 日

余兄仲廉先生渊才也,集企业家、慈善家、哲学家、书法家于一身,吾独以诗人友之,并占长句以寄

轻抛轩冕见雍容,向海征帆唱大风。
拾贝堆尖山耸峙,以诗植被韵葱茏。
最难家国寻常系,多少王孙睥睨忠。
时把哲思光一束,扫描尘世问穷通。

2021 年 10 月 4 日

校园电信诈骗防不胜防感喟

空手道传花样鲜,就中核动力无边。
人情故事编成网,套路前驱碾压天。
贪小便宜趋大忌,装高富帅堕深渊。

慨叹骗术创新快，技术居然难比肩。

2021 年 10 月 12 日

联想风波感赋

连旬口水涨星河，夹岸神仙冷眼多。
风卷鹊桥飞羽檄，图穷匕首失荆轲。
凡人未必常联想，资本从来不背锅。
国际化终空壳化，葬身恰好有坟窠。

2021 年 12 月 11 日

饶惠熙先生昨日偕家乡诗友专程看望老父并赐《访段维先生拂尘园》诗，步韵答谢

闻悉先生屈驾驰，柴门惊绽数葩奇。

一泓碧沏茶烟篆,两颊红飞酒晕诗。
念及老居孤另地,光临喜递万年枝。
愧余遗爱家山少,从此捐身应未迟。

2021 年 12 月 21 日

附饶先生原玉:

访段维先生拂尘园

京兆家声美誉驰,拂尘园内景皆奇。
松篁绕舍谁堪画?桃李成蹊自入诗。
三径时来鸥鹭友,四山多发凤凰枝。
亭台映水鱼龙起,到此题吟思太迟。

邓耘先生昨日专程看望家父并赐《访段维会长拂尘园》诗,集句步韵以谢[①]

野庐半与牛羊共,寂历寒花野水湄。

任短任长休剪缀,随高随下自平持。
人情既久应相好,气候无它亦自宜。
对此留君还欲别,江头风顺看樯旗。

【注】①集句出处依次为苏轼《盐官部役戏呈同事兼寄述古》、释元肇《用赵倅韵二首·其一》、释正觉《颂古一百则·其二十》(颔联)、邹浩《敷文》(颈联)、皎然《酬秦山人赠别二首·其二》、释正觉《晖禅人丐盐求颂》。

2021 年 12 月 22 日

附邓先生原玉：

访段维会长拂尘园

今睹龙光生沃地,农家坐落水之湄。
穿林近宅烟霞蔚,破雾遥山笔架持。
注目瓮前莲梦觉,端详阁后菜瓜宜。
大贤耕读勤中隐,喜看膺肩夯鼎旗。

烟霞女史昨日偕家乡诗友看望家严并赐《访段维先生拂尘园》诗,集句步韵致谢①

山屐田衣六七贤,笔床茶灶旧因缘。
三千境见阎浮土,丈六身留兜率天。
不解栽松陪玉勒,惟能引水种金莲。
眼看朝市成陵谷,暗写归心向石泉。

【注】①集句出处依次为白居易《从龙潭寺至少林寺题赠同游者》、岳珂《寄王料院三首·其三》、裴休《白鹿寺释迦瑞相诗》(颔联)、韬光《谢白乐天招》(颈联)、韩偓《乱后春日途经野塘》、羊士谔《台中遇直晨览萧侍御壁画山水》。

2021 年 12 月 22 日

附烟霞女史原玉:

访段维先生拂尘园

师友相邀共访贤,拂尘园里又逢缘。

一阳日赐香风水,三径云流玉洞天。
笔架庭前龙尾砚,鸡鸣河畔凤头莲。
今沾宝地灵光气,从此诗间韵似泉。

用范诗银先生《念疫西安》韵集句以和[①]

千里幽怀一凭栏,晓星寥亮月光残。
丹心未死惟忧国,白发盈簪盍挂冠。
鼓角迥临霜野曙,旌旗高对雪峰寒。
时和始见陶钧力,坐使皇图九鼎安。

【注】①集句出处依次为李觏《留题归安尉凝碧堂》、李群玉《紫极宫斋后》、欧阳修《摄事斋宫偶书》(颔联)、杨巨源《赠史开封》(颈联)、白居易《梦得相过援琴命酒因弹秋思偶咏所怀兼寄继之待价二相府》、王舫《次愚谷雪韵》。

2021年12月24日

附范诗银原玉:

念疫西安

钟楼惊梦过雕栏,朱雀扬翎浴火残。
雁塔无为玄藏老,藕荷清寂曲江寒。
全民检测空街巷,三剂联防动雪冠。
六引广陵弹渭水,二分明月照长安。

2022 年

写在第二十四届冬奥会于北京开幕前

缤纷六出久婆娑,舞热梅花一剪歌。
温暖鸟巢春破壳,霸凌世界弹穿梭。
五环强拆为手镯,只眼①空留非互讹。
借种菩提星月籽,来年能串佛珠么?

【注】①只眼,围棋术语,指成片白子或黑子中之空隙,

对手不能下子，但只眼不成活棋。

2022 年 2 月 3 日

丰县事件感赋

新年引爆最新闻，兽性人伦硬切分。
项链何妨珠或铁，文明允赖子和孙。
八胎挑战部门法，一笔勾销弼马温。
举世日多消息树，莫凭惯性去刨根。

2022 年 2 月 6 日

题故园雪后照

危峰云蔚隐峥嵘，笔架依山人赋能。
雪白消藏泥垢地，河清幻化水晶屏。
拂尘园僻余空界，赏月亭幽但共情。

老父送行输却柳,每回垂涕不垂青。

2022 年 2 月 9 日

集句用罗辉先生《喜迎北京冬残奥会》韵①

二月因何更有冰,铜壶激矢韵玎玎。
疾于健将追奔马,豪似吟仙赋大鹏。
不惜残躯拼报国,只知合眼恣无明。
龙韬太社传纶綍,虎将中军严鼓钲。
技道精微仍远引,地缘强半是榛荆。
雕弓晓射崖云裂,势破西天万里鹰。

【注】①集句出处依次为白居易《和韩侍郎题杨舍人林池见寄》、邓林《壶天八景·其一 竹里投壶》、仇远《和仲祥大风韵·其二》(第二联)、章慎清《题赵焕文先生殉节纪二首·其二》、李元礼《诫杀生文》、岑万《古行路难效骆宾王》(第四联)、冯璧《送国医仪师颜企贤得请归关中次朝贤韵》、黄庶《读赦书》、危素《送章右丞戍广西》、庄昶《花园四时词·其三》。

2022 年 3 月 2 日

附罗辉先生原玉：

喜迎北京冬残奥会

大地回春晓扣冰，凌寒举步玉琮琤。
欲凭轮椅展身手，犹仗雪橇追鹞鹰。
放眼层峦数峰峻，寄怀华表五星明。
常培根底强筋骨，竞立潮头鸣鼓钲。
纵使经霜已伤木，何妨寻路自披荆。
新风虎啸迎天下，六出容融抟大鹏。

时 局 吟

世界三分立论奇，后来人被野狐迷。
功夫废黜怜摇尾，傀儡娉婷教弄姿。
民主难能民主宰，自由几见自由之。
火间但取金黄栗，城外连殃翡翠池。
价值观无衡准器，琅琊台剩勒碑基。
舆情此际左中右，家国他乡断舍离。
俄白俄乌云变幻，图强毋弃进行时。

2022 年 3 月 14 日

二战欧战胜利纪念日观莫斯科红场阅兵有感

名场依旧竖旌旗,乌拉穿云过耳稀。
反法西斯皆老死,看环北极各熊罴。
生灵千万正涂炭,拱火无非久碰瓷。
橄榄一枝招鸽哨,近前细认乃枪支。

2022 年 5 月 10 日

闻西湖两处景观柳树迁移引起舆情有赋

闲来两拍案惊奇,管委专家自命题。
戏浪旧闻莺契合,断桥新失子相依。
不堪病树横斜照,惯爱临风绰约姿。
历史果真如少女,已然巧扮说时迟。

2022 年 5 月 19 日

闻上海所有返汉人员皆享受免费隔离政策，不少外地返乡人也顺道到武汉享受福利，有人建议只对武汉市民实行免费，官方给出回应"武汉要有感恩之心，不应区别对待，不应歧视"，因之有赋

江城怀抱好温存，羁旅沿途一例亲。
汉上湖山初染恙，天涯儿女敢捐身。
国之大者民为本，礼字当头人感恩。
不以金钱作衡器，官方今日最人民。

2022 年 5 月 23 日

赋"红船吟"礼献二十大

百年激荡管弦繁,布景千崖万壑间。
回放南湖旗誓志,敢凭赤水浪争滩。
航标二十番调校,劫数多重式涅槃。
载覆曾将民比喻,今朝直唤作江山。

2022 年 5 月 27 日

纪念《在延安文艺座谈会上的讲话》发表八十周年

《诗经》采撷自坊间,淘洗千年未出圈。
根扎深层沾地气,果凭朗照炼灵丹。
党言党语旗之干,民调民歌笛孔泉。
葱蔚江山文化育,最难文化是心田。

2022 年 5 月 29 日

步韵石厉副会长贺湖北省中华诗词学会辞赋工作委员会成立

新文化欲化成灰,灰沃新生体别裁。
立骨无形分胜负,做珠一线串将来。
开承屈子精神气,废逐齐梁奢巧颓。
今日重光先借楚,明朝当蠹郁孤台。

2022 年 6 月 3 日

附石厉先生原玉:

贺湖北省中华诗词学会辞赋工作委员会成立,赋律一首

渚宫遗址早成灰,屈子离忧却别裁。
遥指钧天以修正,独怀明月可参来。
虽三户志能沉怒,固众芳香无废颓。
楚赋光芒盖风雅,至今辞藻丽星台。

闻某知名品牌菜刀因拍蒜断裂有赋

从来拍案为惊奇,今日翻车为蒜泥。
径直寒光新碎折,不弯烈节独坚持。
使刀强辩斜平正,逐利从无断舍离。
借问越王勾践剑,可堪大用削瓜皮。

2022 年 7 月 20 日

感寒门学子与明星考编事

鲤跃龙门未足夸,成功上岸劫无涯。
屡逢编制张开网,一舔铦钩挂作花。
蜕去原身登殿阁,嘲为小镇做题家。
顶流今日谁能截,逝者如斯众口瓜。

2022 年 7 月 22 日

参观彰武沙化生态稻田示范区感赋

伊昔风尘天地黏,眼前稻浪浣青衫。
含沙水浸葱葱绿,抽穗花描湛湛蓝。
流转私田重合作,经营集约再追探。
人间多少回头路,都往螺旋说里嵌。

2022 年 8 月 1 日

酷暑闻"雪糕刺客"出世有赋[①]

贵贱缘何巧撞衫,禅机幽眇待深参。
潜藏把柄无端硬,直接冰肌蚀骨甜。
隐去标签羞说价,行将扫码暗掀髯。
此时匕首自持握,刺客是谁寻再三。

【注】①近来"天价雪糕"成为一个话题,动辄十几元到几十元的雪糕,和普通雪糕一起躺在店家的冰柜里。当顾客随

便拿一个去结账时,便遭到"致命一击",瞬间露出惊愕的表情,但此时已经不好意思再放回去了。网友便给这样的雪糕取名为"雪糕刺客"。

2022 年 8 月 21 日

多地恢复供销社引热议感赋

供销复社乃寻常,刺痛神经哪一行?
票证如花成古董,田畦织锦杂闲荒。
市场利益趋资本,计划均衡到僻乡。
守得民心似葵藿,旧瓶新酒属兼香。

2022 年 11 月 5 日

感　　时

暖秋乍换嫩寒冬,昨日裙花不蹿红。

包裹庄严新气象,招摇妩媚旧游踪。
鸡皮疙瘩斯文状,凤尾萧骚梓里风。
避做扶摇人一叶,蜗居拥被识穷通。

2022 年 11 月 13 日

线上参加数字化中华诗词发展高峰论坛有感

仰望珠峰脖颈酸,欲将数字化冰川。
因风崩雪埋颅骨,播火如星向莽原。
未必小儿元宇宙,最关耆宿旧江山。
作诗机使谁惶恐,说破真教我大难。

2022 年 11 月 22 日

校园特殊时期夜间值守

任教鹤唳借风曾,材料特殊围作城。
码绿孤洲凭泊岸,徽红一炬照行程。
饭堂鼎似声将沸,马路毡由月熨平。
未悔中宵立成树,霜枝甘捧日东升。

2022年11月24日

应约咏大师称谓

十尊之号出莲台,散向红尘作别材。
斯世未忘钱氏问,麻坛争宠赖皮牌。
花开德艺难同蒂,丑入诗书自并排。
大圣当年浑不识,妖魔原是佛形骸。

2022年11月26日

闻蔡英文辞去民进党主席速赋

隆冬去雁欲何之,安乐窝曾在四夷。
老翅太平洋薄暮,新冠漂亮国玄机。
猝然道避旁门左,未必跟随佩洛西。
菜已空心仍不死,温床扦插可葳蕤。

2022 年 11 月 27 日

校 区 严 防

难扫门前雪自寒,气溶胶可驭风传。
蓝皮铁把楼妆炫,红袖箍将眼瞪圆。
间或缘情飞浅吻,居然喂饭隔重栏。
青春荷尔蒙无敌,留作危时好靖边。

2022 年 12 月 2 日

专车集中送返乡学生至车站

大巴簇作一团花,满载归心向海涯。
眉额相形三叶草,思维抽象几皮麻。
攸关梓里迎还拒,难得黉门不或耶。
转运站台祈转运,月如盘盛小康家。

2022 年 12 月 7 日

闻苏州将核酸采样亭改为发热诊疗站

僵亭复活傲星霜,百万人家苦向阳。
满面焦红如兽炭,一喉死黑锁春江。
栅栏巧隔离群带,灯火重燃冷板窗。
独有苏州真卓绝,躺平声里不投降。

2022 年 12 月 25 日

2023 年

集句步罗庆云会长韵贺武汉诗词楹联学会第七届理事会召开[①]

流年堪惜又堪惊,并入斋房长短更。
笔下自惭无好语,燕敖今喜食蒿苹。
眼明数点窗前白,心豁三千世界平。
此日诗盟共君结,海棠开遍恰新晴。

【注】①集句出处依次为赵昪《齐安早秋》、方岳《次韵斋宿·其二》、陈棣《偶书》、葛胜仲《次韵祝守康鹿鸣宴赠诸先辈·其二》、张道洽《梅花七律·其十四》、元天锡《幽谷宏师于上院寺朱砂窟之西峰新构一庵,名之曰无住。嘉其高绝,作一首呈于宏上人》、王十朋《七次韵》、释德洪《春词五首·其五》。

2023 年 3 月 13 日

附罗庆云会长原玉：

岁末感怀

落木萧萧倦客惊，西园梅暗月三更。
春雷滚滚犹萦耳，冬雪霏霏已掩苹。
雾失五津舟未济，梦回一枕意难平。
幸逢诗友高楼会，击节千杯唱晚晴。

马英九一行于三月底访问武汉大学，两岸学生在樱顶召开座谈会有寄

追逐人间四月天，樱花如雪亦如烟。
楼台畅叙莺声里，海峡贯通胸坎边。
互赠珠玑书载道，一肩风雨此凭栏。
殷殷厚望知何寄，学子同怀吟逝川。

2023 年 4 月 1 日

叶嘉莹先生百岁华诞有寄

云鬟星眸鹤骨清,女中瑰杰大先生。
寄身域外诗超渡,归楫南开学抗旌。
幽约词风缘弱德,悠扬吟调赋新声。
百年变局如沧海,海屋重添仁者名。

2023 年 6 月 28 日

参加中华诗词学会五届三次理事会视频会议步韵赠周达兄

暑溽江城苦昼长,临屏漫沁雨荷香。
花翎三眼观天道,棠棣繁枝蓬荫凉。
攘攘诗坛凭独迈,重重民瘼岂相忘。
吾侪后半辈何许,身寄琼楼心草堂。

2023 年 7 月 30 日

附周达兄原玉：

呈弘陶先生并学会诸兄

静巷悠悠夏日长，槐花又是一年香。
趁时雨落消残暑，随意风来纳晚凉。
青眼交游欣可遇，白头湖海恐难忘。
何言退老生涯薄，山野而今亦庙堂。

闻刀郎《罗刹海市》风行

重蹈聊斋狐鬼踪，低眉浅唱旋长风。
一丘河见黄奔突，八卦炉生烂漫红。
粪蛋驴能孵鸟又，大郎店肯有行同。
网如鼎沸何堪避，不若提鲜撒些葱。

2023 年 8 月 7 日

医疗反腐风暴赋

天使魔头一步遥,金戈戈砌奈何桥。
初心红愧生灵炭,精密仪成鼎食庖。
药价芝麻花节节,德操鱼腹酒糟糟。
肃贪风起青萍末,化作刃终朝内刀。

2023 年 8 月 14 日

国 庆 献 词

云程七十几春秋,浴火凤凰风正遒。
宝岛焉能剪脐带,霸权屡欲破金瓯。
共同命运宜联体,内外循环应汇流。
折桂欲知何所向,百年百尺在竿头。

2023 年 9 月 26 日

参加长缨诗社首届军旅诗词研讨会感赋

硝烟淡远忆虫沙,英气凭诗再发芽。
口吐莲花出泥淖,键敲珠玉迸光华。
寒灯照壁谁怜影,热血奔流自泛槎。
枕笔枕戈同待旦,召回一令向天涯。

2023年10月22日

于梅园拜谒"绿魂"石及章开沅先生为之撰文碑刻[①]

近竹凭梅朴拙身,嶙峋骨骼绿之魂。
掩于阴影非无奈,比作初心似未真。
凡辈能劳史家笔,世间应重垄头春。
我来寻觅绕三匝,碑石苔封空忆人。

【注】①"绿魂"石是学校为纪念绿化组姚水印老师傅而立,红色碑刻是著名历史学家、老校长章开沅先生所写的纪念文章。时光荏苒,而今章先生离开我们已有两年半了。

2023年11月6日

参观华新水泥厂博物馆细磨车间

锈迹斑斓证海桑,无须磨洗认辉煌。
滚雷耳顺连珠起,顽石心灰革命忙。
旧世界填新缺口,新生代爱旧包浆。
百千管道盘成饼,犹逊今人九曲肠。

2023年11月25日

2024 年

感　　时

读屏时代剧堪忧，亿万人低高贵头。
易世风云凭指点，抖音声色入神游。
漫抽家国丝千缕，巧织虚无梦一丢。
资本软刀仍滴血，化为流量恁温柔。

2024 年 1 月 29 日

题拂尘园禅石，其正面若观音像背面似八卦图 通韵

移驾南天至楚天，云头按下拂尘园。
侧身犹向如来佛，背月常聆上善潭。
嚣世风声时入耳，蓬莱鹤梦半浮烟。

阴阳鱼隔长流水,举手之劳未得全。

2024 年 2 月 14 日

南昌与会步庆霖会长韵兼怀王勃

功业无痕墨有痕,落霞孤鹜句吟新。
雄文艳压群芳谱,绝代名高此阁身。
放浪生涯归逝水,惊魂转徙等浮云。
才庸我亦途多舛,所幸仍为苟活人。

2024 年 4 月 8 日

附刘庆霖先生原玉:

赴赣参加新田园诗研讨会有咏

不向南都觅旧痕,战旗风展大江新。
偶登高阁乍抬眼,恰在春天未转身。
看水悄悄清洗水,等云远远找回云。
落霞孤鹜寻常有,谁是千年一遇人。

赋滕王阁

名阁重修廿九回,河山胜迹易为灰。
阿房火及临江渚,太液波通洗砚池。
八斗才凭谁刈割,一镰月见影迷离。
帝王事业文人笔,相反相成未有期。

2024 年 4 月 9 日

写在老父中风康复之后

老亦健焉曾几人,吾家八十六年椿。
枝头雷击擎危炬,根柢泉通泽典坟。
一夕躺平身中左,九回垂直鬼相邻。
但凭神助加医助,足下当添风火轮。

2024 年 4 月 11 日

步刘兄精源先生《七旬自嘲》韵奉贺

拟效闲云野鹤身,老松栖处见龙鳞。
晴空直上曾联动,暮雨相呼试探询。
傲物并非时及物,求真端合梦成真。
风光大片晚霞色,最核心为剪影人。

2024 年 4 月 12 日

附刘精源先生原玉:

七 旬 自 嘲

采薇四野哺童身,际遇鼎新盘有鳞。
年迈财贫诗补贴,脑残词乏网查询。
远聪两耳防听假,近瞽双眸免识真。
鸡立鹤群卑位处,苦鸣不扰梦甜人。

为老父全方位提供安保措施有赋

遐龄腿脚愈蹒跚,犹爱山边与水边。
山沃葱茏云竹节,水浮潋滟露荷钱。
靠山藤织青篱障,近水钢铺雪栅栏。
小妹贴身如护卫,一疏百密恐难全。

2024年4月21日

大力仑与长城炮及其他①

国人独爱赶潮头,今日谁家属顶流。
发紫明星方下架,网红博主又登楼。
一声吼响长城炮,万众抬高股市牛。
涨粉视同输弹药,故邀巡舰护金瓯。

【注】①近日,一位网名叫大力仑的小姑娘因对一款长城炮越野皮卡感兴趣,从而喊出了"长城——炮"的拟音效果,一时走红网络。据称,长城汽车股价因而被拉升,北海舰队还

主动邀请这位姑娘登上军舰。

2024 年 4 月 28 日

依韵和石厉兄《登黄鹤楼》

闲放登楼乃例循,阑干拍断处逢君。
一千八百年钦仰,群怨兴观诗令闻。
濯足濯缨江介水,任舒任卷鬓边云。
功名附体随抛却,独与鸥盟不切分。

2024 年 5 月 30 日

附石厉先生原玉:

登 黄 鹤 楼

到武汉第一件事,就是抽空登黄鹤楼,遂赋七律一首。

登临胜地旧难循,惟有此楼犹傲群。
游女弄珠终未见,迷人去鹤亦虚闻。
蛇身任水生狂浪,龟首昂空拂乱云。
万事如观自轻浊,不然江汉岂能分。

古风

2021 年

乡间采芹歌

有田抛荒,有草萋萋。
有水长流,有沐淤泥。
春回阳气渐,水芹叶葳蕤。
须根类葱白,齿叶振羽姿。
飞茎半翡翠,阳绿沁琉璃。
后半尽凝脂,鲜嫩如柔荑。
轻挪没膝靴,仰杖得帮扶。
状如过草地,失足或呜呼。
采得芹盈抱,异香透肌肤。
一把赠邻舍,笑容直可掬。
一把赠访友,情同解佩玉。
一把自加餐,其味脱凡俗。
余欲献庙堂,倏忽生局促。

2021 年 2 月 11 日

与邹正先生倾谈作促句以寄

都市高墙深几许,未种芭蕉空听雨,依然消得三分暑。
更有书家邀促席,今古纵横于咫尺,灵光烛幽待题壁。

2021 年 7 月 4 日

诗和周文彰会长《卜算子·扬州必胜》

六朝金粉末,风散到扬州。
二分明月减,几树率先秋。
应有平戎策,何须愁白头。
排查拉密网,检测探深喉。
阳性逾三百,留观已尽收。
加油非口号,提速驭方舟。
一介书生我,空拳无所酬。

但凭黄鹤翅,云上以诗投。

2021 年 8 月 9 日

附周会长原玉:

卜算子·扬州必胜

　　本轮疫情,我家乡扬州确诊已破三百,正处于集中暴发期。家乡人民正在与瘟疫搏斗。2021 年 8 月 7 日于北京。

　　美引万人潮,又见瘟神动。病染乡亲变数中,隐隐余心痛。
　　众志筑长城,天网浑无缝。今日凶魔何处逃,还我扬州梦。

午间应泉名兄倡议,偕胡迎建、郑福太二位会长造访东湖行吟阁,谨步胡会长之韵凑句

　　谐应访贤因兴作,青眼蓝天共焯焯。

闲闲步履向东湖,夹岸水杉风鼓跃。
逶迤菊径转溪桥,红枫半掩琉璃阁。
石像目中应无人,翘首问天何默寞。
骚魂冥冥引登高,磨山无言成注脚。
一湖潋滟字行行,莫非返照昔民瘼。
湖天黏合似束函,日昃为之烫金箔。
忽有鲲鱼起沧浪,贯耳惟留声恶恶。

2021 年 11 月 10 日

步韵范诗银会长《贺中华诗词学会乡村诗词工作委员会在襄阳成立》

霜叶黄犹重,望做向阳花。
题诗红未熟,就籽绿煎茶。
鹿门多场圃,恰好话桑麻。
异代相知否,乡梦共流霞。
传薪愧忝列,何以势滂葩?

2021 年 12 月 12 日

附范会长原玉：

贺中华诗词学会乡村诗词工作委员会在襄阳成立

遣山作秦岭，天台种菊花。
襄阳期一醉，屏上共清茶。
乡音落碧水，村紫生青麻。
双肩诗若雨，两袖韵如霞。
心初和梦远，秋实与春葩。

2022 年

芦　竹

像芦亦像竹，非竹亦非芦。
有节但偏软，有心未尽虚。
粉箨包疤老，霜凌仍萎枯。
秋深头未雪，黄褐比冠凫。

邀枫耻为伍，映月见疵污。
客梦不曾系，断雁岂相呼。
莫不是杜陵所称之恶竹，万竿斩尽遵其嘱。
废材或可充灶薪，试之光焰不及烛。
春来又笋脆而青，老父误呼芦笋名。
掰来柴火爆炒油盐焗，食之苦比黄连足。
真个百无一用也，书生可否借此去其辱。

2022 年 1 月 25 日

2023 年

白水寺观刘秀骑牛征战图

直将牛背笛，横作斩蟒剑。
反噬何所之，白水寺形敛。
不日再誓师，无量台披胆。
光复旧山河，拯民于崖堑。
骑牛战新野，敌阵望风陷。

夺得青龙马，驰骋如烈焰。
三载登龙辇，天下尽臣范。
何以迅如雷，白水似可鉴。

2023 年 6 月 5 日

鉴湖上空见日月同辉景象

我今至吴越，直面镜湖月。
日上已三竿，冰轮犹在侧。
一只老渔船，青莲为人设。
少呼白玉盘，此际半明灭。

2023 年 11 月 2 日

2024 年

雅集拈"压"字咏某大师再婚事

梨花与海棠,交柯曰互压。
雪白敷粉红,凛凛与怯怯。
冷暖本反差,谐俪凭技法。
日暖雪消融,红泪湿其榻。
濡笔染或皴,画风夺头甲。

2024 年 4 月 14 日

词　部

小令

2021 年

踏莎行·替牛代言 _{韵拈"晓"字}

水浸田畦,犁耕春杪,一声脆响鞭痕老。四蹄奋力更蹒跚,夕阳踏碎如萍藻。

帅铁名牛,曲刀为爪,不知疲惫昏催晓。泥如豆腐脑盈盈,东家弃我何由道。

2021 年 1 月 28 日

临江仙·鄂州观音阁访胜

七百年来标格,未随逝水沉浮,浪淘沙固石矶头。鱼跳檐挂碍,阁枕大江流。

平素拒迎游屐，善缘诗侣筹谋，顺风闲放一孤舟。登临鸥澡雪，沉浸到无求。

2021 年 4 月 11 日

菩萨蛮·故园秋感

　　夜阑捕捉秋消息，风疑染指香曾识。蛩语细如丝，缠绵未尽知。
　　露浓星欲滴，枯眼何能及。徒羡浴凉蟾，天池鸡尾蓝。

2021 年 8 月 8 日

2022年

踏莎行·虎年正月初一体坛大事记

碧草如绳，红尘似霰，夺魂系足形神乱。天风席卷絮飘零，儿童欲捉都嫌软。

频撒榆钱，遍寻头雁，云程歧路浑无限。已然北斗在中天，导航只与东风便？

2022年2月2日

浣溪沙·集句步英子《荆门星球大酒店五楼茶聚有作》韵①

莫羡仙家有上真，肯教踪迹掩红尘。逍遥常饮月魂津。
老去诗篇浑漫兴，晚来幽独恐伤神。能将疏懒背时人。

【注】①集句出处依次为李商隐《同学彭道士参寥》、张果

《题登真洞》《玄珠歌·其十七》、杜甫《江上值水如海势聊短述》《题郑县亭子》、灵一《送明素上人归楚觐省》。

2022 年 6 月 20 日

附英子原玉：

浣溪沙·荆门星球大酒店五楼茶聚有作

茶道缘于百味真，品风品雨品红尘。半壶普洱已生津。
方孔几枚能助兴，小词一阕长精神。座中原是爱诗人。

临 江 仙

腮颊暖冬成沃土，鼓包跃跃生芽，远看三五朵梅花。谁将春想往，标记在吾家。
老矣冲冠无怒发，转身自裹袈裟，示人印象璨如霞。却妨新旧创，结作浅深痂。

2022 年 11 月 22 日

鹧鸪天·观老鹊护雏图感遇

　　老翅绒绒日见枯,断崖红树傲霜图。三千白雪嗖飞羽,一二青芽似毒株。

　　遮障甚,不甘于,争相破壁向天呼。岂知鹰隼觇觑久,毛血缤纷洒绿芜。

2022 年 12 月 14 日

鹧　鸪　天

　　两道轻红小杠横,阴阳凭此判分明。头真垒垒千钧重,身似飘飘一羽轻。

　　喉锁顿,咳崖崩,汗珠开闸我如萍。劫波裹挟知何处,仿佛依稀山海经。

2022 年 12 月 18 日

2023 年

浣溪沙·乘普快由武昌至阜阳途中

沿畈荷青间稻黄,绿皮车拱旧时光。接连喘息是咣当。生活讲真重返慢,相思无故被抻长。全程细嚼齿生香。

2023 年 8 月 20 日

浣溪沙·秋游颍州西湖

天下西湖不避重,半因牵涉到坡公。沉思愈觉意朦胧。碧水尽销红菡萏,青芦已是白头翁。美人衣袂逆迎风。

2023 年 8 月 22 日

浣溪沙·夜游惠州西湖过朝云墓

暮霭苏堤若有无,串联灯火夜明珠。湖心冲浪是双鱼。
孤独坟前谁独独,六如亭畔汝如如。凭栏悲喜互乘除。

2023 年 9 月 18 日

浣溪沙·明月湾

一峡弯如镰月般,当年收割小倭蛮。陪都危卵得图全。
映日江花红溅腻,指天剑壁紫凝寒。流光日久锁苔斑。

2023 年 12 月 29 日

浣溪沙·西陵峡观纤夫表演

壁若犬牙紧扼喉,纤绳拉直曲江流。小舟如鲫上滩头。忆昔人皆铜裸体,即今冠饰野猕猴。荷儿蒙竭族堪忧。

2023 年 12 月 29 日

2024 年

踏 莎 行

冒绿簪新,落红舌软,春寒扑面先惊眼。儿童不解喜耶悲,拈花折柳穿成串。

或作鞭梢,或为冠冕,或将脖颈频频绾。情非得已是今年,谁将本命抽丝茧。

2024 年 3 月 19 日

临江仙·灯影石

鼻息应能吹堕,峡巅兀立千年,雄风大美待婵娟。西游皮影戏,巨幕是青天。

神话根基深沃,只缘立足民间,人妖颠倒代绵延。燃灯轻莫灭,投影屡新翻。

2024 年 4 月 18 日

中长调

2021 年

念奴娇·金钱橘

　　冲寒不改,是真金本色,腐酸愚质。桃杏冬眠春待发,香艳骈枝横逸。叶裹青衫,花喷白霰,独汝泠泠格。浅吟橘颂,奈何缘此成癖。

　　转对姓氏呵呵,枉教天赐,亘古门庭寂。村里小儿都齿冷,信口小如麻粒。蚍蚁登高,怡然四顾,独我星球立。无人争霸,合宜休养生息。

2021 年 2 月 3 日

夜半乐·遏制"舌尖上的浪费"

  酱香袅做珠露,微黄挂壁,摇漾青花盏。映粉面夭桃,渐开春半。燕窝鼎食,铛盛虎翅,似闻嘌啸呢喃,正笼琴案。四五子、流觞逐眉畔。

  忽闻八项饬令,病叶知秋,蚱蝉声断,宾阁里、登时销停豪宴。斗移星转,移花接木,矿泉水里乾坤,玉浆偷换。顶风客、迷途未知返。

  值此谁忆,午正禾苗,夜深针线,兑一日三餐梦难串。唤回归、家酿绿尽粗茶饭。仁者寿、二百年何限。我同吾党皆经典。

2021 年 3 月 14 日

满庭芳·故乡诗友五四小聚
兼寄王老德生并枣香居士

  雨后秧针,垄间蛙鼓,此时此地行藏。一波微信,相约咏流觞。脚底沾泥各各,尘满面、捎带阳光。谁能会,此中真意,父老总牵肠。

思量,当此际,家山渐绿,莫使青黄。幸吾一穷酸,尚合帮腔。梓里德生厚土,将诗蘖、种上遐苍。犹难得,春风满座,习习枣花香。

2021 年 5 月 5 日

念奴娇·故园之夜

星垂大野,与蹁跹渔火,偶然相接。泼剌一声如短路,划出一弧江月。场景依稀,船家代换,幸我仍偷活。草蛇灰线,未将今昔分割。

莫忆拍手狂歌,呼儿买酒,醉里生瓜葛。袒腹楼台风绪止,让与鸣榔蓬勃。唤起多情,梦回太古,渔猎为人设。网红相较,迩来依次崩裂。

2021 年 8 月 24 日

2022 年

青玉案·上元节收看冬奥会之高山滑雪女子滑降赛,用稼轩格

前庭狮舞烟花闹,独凝注、冰绡道。目镜头盔身窈窕。超人神态,龙骖形势,态势排山倒。

忽而令发乘空蹈,俯察旗门见堂奥。雪杖挥挥鹰翅矫。挟雷喷霰,犁庭滑板,狡穴何愁扫。

2022 年 2 月 11 日

喝火令·见传统大红牡丹彩绘贴膜整车

本是瑶台种,圈为帝苑花。若何流落野人家?回望大隋金缕,蓬勃好藏鸦。

不计声繁沸,犹怜萼一丫。嫁衣衾被蔚成霞。此后光微，此后寄篱笆。此后又成新宠，今更傍豪车。

2022 年 1 月 17 日

玉漏迟·除夕前夜

夕除难尽矣，哪堪兽炭，崩灰飘雪。老父孤窗妄想，半弯明月。儿在江城值守，病床畔、疑云千叠。人一叶，惊涛漫卷，天风无歇。

世上有女何如，是棉袄温柔，软莺喉舌。转瞬余生，付与等闲愉悦。我是东床半子，空负手、踌躇无辙。肝胆裂，魂牵两地，羁如游蝶。

2022 年 1 月 30 日

紫玉箫·寻访娄山关步范诗银先生韵贺长缨诗社成立

山叠烟螺，途纡灵蟒，涧松凌跃长缨。炎蒸八月，正蜃云低亚，形状溟鹏。忽簇银箭，牛背雨、分割雷鸣。英雄气、缘机沉涵，指日喷青。

秦关百二难抵，尤雁掠长空，烈帛飞声。霜蹄马纵，向斜阳、鬃鬣播火行经。想燎原句，迷夺际、碧落长庚。新时代，风采焕然，血艳龙旌。

2022 年 5 月 11 日

附范会长原玉：

紫玉箫·湖北长缨诗社成立赋以贺

湘渚麻黄，罗霄云绿，结它秋队红缨。飘然六月，恰夺空飙举，初缚鲲鹏。陇上天外，惊雁语、道是龙鸣。三千载、驰怀幸兮，也许镂青。

寒关倚就霜铁，弹雪甲冰袍，漫忆风声。英雄事业，向时光、羞说梦里曾经。正斜阳晚，来鹤影、弄笛长庚。吟肝胆，还有寸心，放醉诗旌。

2023 年

沁园春·元旦寄语

大疫三年,过隙驹光,划破夜空。忆江城鹤唳,同天日月,征衣雪浣,挽臂从容。一夕封城,一声令下,一霎人间烟火蒙。凭肝胆,竟逆风翻转,渐次熊熊。

谁知鬼魅游踪,避变异新冠花样重。遂核酸逐日,行程焕绿,社区沉底,党性鎏红。口罩揆蓝,舆情抹黑,开放清零论未穷。何须辨,看中枢百姓,若个春风。

2023 年 1 月 1 日

御街行·拜谒鲍照墓

黄梅骤雨兜头湿,叹旧冢、街心出。车如流水绕闲闲,油朴浓荫如笠。扪心暗忖,户如钉子,千载能孤立。

从军仗剑曾何必,血未祭、沙场敌。长歌端合路难行,招惹诗仙因习。双星俊逸,杜陵题句,今日谁堪匹?

2023 年 7 月 9 日

2024 年

金缕曲·梨花

　　庭院融融月,漾微风、枝丫窈窕,尽敷香雪。谁向苍茫听簌簌,知是落花时节,忍赋就、长门殷切。带雨一枝谁得似,怕玉容、倚杀阑干末。负心者,不堪说。

　　纵情岂是君王物。便江湖老叟,犹占几春鲜活。自信植梧栖楚凤,罔顾桐花皎洁,更莫道、鸿儒风骨。问取海棠频压断,任粉妆、委付冰绡屑。啧啧啧,化为蝶。

2024 年 4 月 25 日

满庭芳·黄牡丹

　　国色难拼，天香犹泛，一园狼藉谁怜。杏黄衫子，点滴水晶寒。人道衰颓盛极，的曾是、附凤翔鸾。标新处，鞠衣薄粉，斜倚玉阑干。

　　深宫多互讦，倡红冶紫，狐袖鸦鬟。谗唾里，伊人流落篱边。罗袜霓裳钩破，都化作、尬舞冥钱。焚除际，姚家荒冢，袅袅冒青烟。

2024 年 4 月 27 日

也说"在其位,谋其政"(代跋)

古谚语云:"在其位,谋其政。"语本《论语·泰伯》:"不在其位,不谋其政。"我觉得,这个"位"并不是指一定要处在很高的级别、很重要的地位或者岗位。所谓"在其位,谋其政",是指所处之"位"有多大的力量就谋多大的"政"。

我是2020年12月当选为湖北省中华诗词学会会长的。上任伊始,除了履行会长应尽的职责外,我还与学会班子成员一起积极支持民间人士打造"九头鸟诗阵"品牌。他们开办了专门的微刊,成立了专门的审核小组,对自由来稿进行匿名审核,实行一票否决制。我和学会领导成员都不参与审稿,以保证审稿结果的公平和公正。这样做,就是想逐步树立起"荆楚诗派"的大旗,并在未来跻身于当代诗词流派之列。之所以没有以省诗词学会的名义来推进工作,是因为考虑到学会虽然是社会组织,但在诗友眼中多少还带有一点"官方"色彩,工作中不得不讲究适当的"平衡",而一旦"平衡"起来就不可能不影响"诗阵"的质量。经过这些年的努力,"九头鸟诗阵"日渐成型,同名微刊已成为湖北诗人争相刊发专辑的热门平台。他们以上刊为荣,一些暂时没能上刊的诗人都在努力提高水平,力争拿到准入证。湖北省荆门聂绀弩诗词研究基金会还资助出版了《九头鸟诗阵作品年选》（兹后可能更名为《九头鸟诗阵作品年选点评》），某些个人还热心资助出版了《九头鸟诗阵先锋作品编年》。我相信，只要大家团结一心地坚持下去，必然会形成气候。

尽管我在湖北省中华诗词学会任职，但我又是一名地地道道的桂子山人。我从求学到工作已经40多年，2024年10月即将退休。我一直有很强的"华师意识"和"华师情结"。为此我参与了学校为120周年校庆而面向全球华人征集《桂子山赋》的活动，并有幸凭借主场优势获得首奖（因为我对桂子山的一花一草、一砖一瓦的熟悉是其他人无法比拟的），拙文还被勒石于桂子山的最高处——桂花台；同时还应所在的政治与国际关系学院之邀撰写了《政国赋并序》，赋文被木刻置于院史展览长廊之引首处。我深知，华师给予我的太多，我也一直在思考如何回报学校。我觉得，一所学校是否称得上名校，除了教学、科研领先之外，校园文化建设也不可或缺。甚至从某种角度上来看，塑造学校的形象并不局限于增加了多少项目或课题，发表或出版了多少论著，有时候更突显的是校园文化建设方面，比如人文素养、文化传承，甚至是校园故事，等等。因为这些方面往往容易被忽略，只要你足够重视它，就会有很高的显示度。比如诗歌（包括现代诗和旧体诗）创作与研究就是如此。桂子山一直是一座诗意的山，从这里走出了一代又一代诗人。于是，我有意识地向一些校友倡议，集合华中师范大学的诗人，形成独具风格的诗派。至于如何命名，还真是颇费一番思考。有人提议叫"桂子诗派"或者"桂子山诗派"，有人又觉得前者未必确切地指向桂子山，后者又有点"山头"气息。于是我想起了自己在学校出版社担任副总编时，总编王先霈老师策划出版了一套整理桂子山大师之作的"桂岳书系"，受此启发，建议可称之为"桂岳诗派"。此名称获得大家一致首肯。随后，我和余仲廉、邹建军等人提议出版一套《桂岳诗派》，也得到了校友们的积极响应。特别有幸的是，这个想法得到了学校宣传部的大力支持。学校宣传部将《桂岳诗派》纳入"校园文化建设丛书"系列，并给予出版经费支持。在出版过程中，学校出版社也给予了很多优惠，还决定将其作为品牌来打造，并特地提议请老总编、著名文学理论家王先霈先生出任这套书的主编。在《桂岳诗派》的出版过程中，我似乎没有什么"位"，但我觉得我是有"位"的。我的"位"就是一名"桂子山人"，应该在退休之前为桂子山上的华师做点力所能及的事情，也算是对华师厚待我的一种主动回报吧。

最后，再说说我的诗集本身。我从2006年开始习诗，五年之后即2010年在武汉大学出版社出版了第一本诗集《竹太空心叶自愁——近体诗词习作习得录》，采用的是编年体形式。2024年，由湖北省荆门聂绀弩诗词研究基金会资助出版的"当代诗词创作与研究"丛书纳入了我的个人专辑《不言集》，收录了我在2011年至2020年这十年间的习作460余首。这次《桂岳诗派》个人专辑收录的则是我在2021年初至2024年5月创作的440余首作品。这样我的后续作品便与第一本诗集自然衔接起来，形成了一个比较完整的时间链条，既是自己在诗词领域成长的记录，也为他人对作品的批评提供了时空线索。我对自己的诗词创作也有一个目标，那就是力争形成自己的风格，用唱高调的口吻表述就是自成一派。当然，这个路途很长。尽管一些诗评家将我的时政诗称作"不言体"（为什么称为"不言体"呢？这里略加说明。本人贱字"不言"，出处有二：一是老子《道德经》云"是以圣人处无为之事，行不言之教"；二是刘熙载《艺概》讲"词之妙，莫妙于以不言言之，非不言也，寄言也"），认为其具有两个明显的特征：一是句意的多重意旨；二是句法的多种多样。但我心里明白，这些离自成一派至少还有长征那么长的路要走。好在我虽然年届花甲，但在旧体诗词界仍属于中年，自己还有潜力可挖。惟愿未来不负诗友们的期许，也不负自我期许。谨以此为跋吧！

2024年5月30日于桂子山文科科研楼1011室